Dear Cara,

Thank you so much our first bilingual book ~~_____~~ *being* one of our trusted readers before it went to print. We are beyond grateful. We hope Mimi's journey always reminds you of the natural superpowers you're gifted with and your truly limitless potential. And remember — YOU ARE MAGIC!

♡ Alla

davina@alegriamagazine.com

ISBN: 978-1-7361496-1-4
Published by Alegria Publishing

Mimi:

Shero of Love

Acknowledgements

Alla Arutcheva:
I want to thank my family for their love and support, especially my grandfather Vladimir, who is the reason we immigrated to the United States. He sacrificed everything for us to live out our American Dream and leave behind a legacy that would make the world a better place. Our nonprofit, Girls Lead Summit—and this book that was inspired by the global community of young leaders we empower—is the embodiment of my American Dream.

I also want to dedicate this book to my nieces Enessa and Liyah. May our protagonist Mimi inspire you both to dream bigger than you ever imagined. And to my future children, and the generations to follow: May Mimi remind you that anything is possible when you believe in yourself.

Natalia Ruiz:
I am grateful to the Divine Energy of the universe and each perfect synchronicity that brought me here. Gracias a mi NatyK, my magnificent inner child who grew up in Medellín, Colombia, with her grandma and her brother and inspired Mimi's journey. I also want to express my deep gratitude to my family, mi compañero de vida Wilo, my nieces Valeria, Daniela, Paula, and Genesis, my nephew Nico, my goddaughter Nicol, and my life mentors Mercedes Guzman and Rossi Saldivia with Quantyco. So much of the wisdom you have shared with me is portrayed in this book.

Davina Ferreira, because of friends like you, we will continue to shine. Thank you for your encouragement, guidance, and support to channel this beautiful story. Last but not least, I dedicate this book to my mom. It's because of your tenacity that I became the powerful woman I am today. And to my dad, en el cielo: I hope Mimi makes you proud!

Girls Lead Summit

Finally, we would both like to dedicate this book to our organization Girls Lead Summit and all of our leaders—past, present, and future. This is for each and every girl around the world who has ever doubted her limitless potential.

We also want to express our deep gratitude to Tania Peregrino for her integral role within Girls Lead Summit and her contributions to Mimi's journey. Thank you for mentoring our young artist and helping bring Mimi to life.

And to Veronica Marin-Estrada, our incredibly talented illustrator: Thank you for showing up for yourself, for Mimi, and for the world. We are so proud of you!

Foreword

When I was just four years old, I got stung by two bees—in one week! I was terrified of them until my parents encouraged me to do some research. I found out just how important they are to our ecosystem, and I became worried that they were in danger of extinction. In that moment, I went from being scared of them to wanting to save them. So, I put on my thinking cap and came up with the sweetest idea ever. I used my great-granny Helen's famous flaxseed lemonade recipe, with a new twist: adding honey from bees, instead of sugar! That's how Me & the Bees Lemonade was born.

Fast forward 12 years and one epic *Shark Tank* episode. What started as a lemonade stand in front of my house is now a bottled lemonade that's buzzing off the shelves at Whole Foods Market, H-E-B, and other stores and restaurants across the country. My great-grandpa Jake always taught me to give before I get, so I made a promise to all my customers: "Buy a bottle. Save a bee." That's why I donate a portion of my profits to organizations that are fighting hard to save the honeybees. I even started my own nonprofit called the Healthy Hive Foundation. Now I'm celebrating more than 10 years of "buzzness," which brings me to how I met the co-author of this book, Alla Arutcheva.

I was working on my *10 Years of Buzzness* campaign with an advertising agency in Los Angeles called Team One. She was the lead writer on the project and I could tell she was super excited about my product. She even wore black and yellow every time she presented ideas to my family! I was really impressed with her creativity—not to mention how many bee puns she could come up with. She's been a part of my hive ever since.

She's also the co-founder of a nonprofit organization called Girls Lead Summit that hosts workshops around the world that are taught by girls, for girls. I look forward to hosting a GLS workshop of my own in the future. When Alla told me that she and her co-founder, Natalia Ruiz, were writing a book that was inspired by this amazing nonprofit and all the girls it empowers, I couldn't wait to read it.

So without further ado, I'm bee-yond thrilled to introduce you to *Mimi: Shero of Love.* This novel takes readers on the intergalactic journey of a gutsy 12-year-old girl who discovers her natural superpowers: integrity, kindness, gratitude, and self-love. Mimi's epic adventure is one that kids, adults, and everyone in between can relate to. She teaches us how to be brave, even when all we want to do is run away. Just like Mimi, I've discovered that the things we're most afraid of can sometimes open doors to the things we never even imagined were possible.

Her quest is an inspiring underdog story. She's a little girl with a big mission. And even though she has moments when she doubts herself, she keeps on going. This is such an important lesson, especially for young girls. Being a social entrepreneur with a huge goal of helping save the bees from extinction, I know what it feels like to tackle a task that feels bigger than yourself. Mimi's strength and positive attitude reminds me of my own limitless potential—that I can do anything I set my mind to. I believe this book has the power to do that for all of us. It reminds us that what we can accomplish is determined only by how big we can dream. So, like I always say: "Bee fearless. Dream like a kid."

Mikaila Ulmer
CEO of Me & the Bees Lemonade
Author of the best-selling book *Bee Fearless: Dream Like a Kid*

Alla Arutcheva

Born in Pyatigorsk, Russia, and raised in Los Angeles, California, Alla Arutcheva is an avid traveler, relentless optimist, and lover of words. As a copywriter working in the advertising industry, she strives to use her creativity for good. Her mission is to help brands find their purpose and connect with their audience in an authentic way, while simultaneously advocating for more diverse representation across the industry. With over a decade of experience in advertising, she has been selected for a number of prestigious programs such as the Cannes Lions Creative Academy, Omnicom Emerging Stars, and ADCOLOR Futures.

Arutcheva is extremely proud to be the co-founder of Girls Lead Summit (GLS), a peer-to-peer mentorship program for girls around the globe. From a collaborative workshop with the Peace Corps in Jamaica to bilingual Zoom workshops attended by girls worldwide—from Medellín, Colombia, to Ontario, Canada—GLS provides a platform for countless girls to amplify their voices and share valuable skills.

Her hobbies include writing and performing spoken word poetry, sharpening her ping pong game, and taking way too many photos of her cat, Charlie.

Natalia Ruiz

Born and raised in Medellín, Colombia, alongside her grandma and brother, Natalia Ruiz immigrated to the United States when she was 14 years old. She went on to become an art director at a big advertising firm and quickly realized the rampant gender disparity within the industry. This sparked her passion for closing the equality gap and empowering girls around the world.

Ruiz is now an entrepreneur, author, and the co-founder of Girls Lead Summit, a peer-to-peer mentorship program for girls 8 to 14 years old, and Dynmk Studio, a digital marketing agency that serves brands that are committed to making the world a better place through their products and services.

When she is not helping businesses combine purpose with profit, or inspiring girls to unlock their limitless potential, you can find her meditating in front of the ocean or singing for her electronic duo, Uniison.

Girls Lead Summit

Co-founded by Alla Arutcheva and Natalia Ruiz in 2018, Girls Lead Summit (GLS) is a peer-to-peer mentorship program for girls 8 to 14 years old. The vision of GLS is to help young women unveil their inner power, lead by example, and in turn help shape a new generation of female leaders. From a boxing and self-esteem workshop led by 13-year-old, six-time boxing national champion Meryland Gonzalez, to a photography workshop led by 9-year-old award-winning photographer Nominee Guerrero, GLS workshops cover a wide range of disciplines such as music, culinary arts, entrepreneurship, sports, engineering, visual arts, and more.

In March 2020, GLS shifted their workshops to a virtual platform as a response to COVID-19. That's when the Sheroes of Love Virtual Challenge was born: a series of Zoom workshops hosted by girls, for girls. These bilingual workshops in English and Spanish reached girls nationally and internationally. GLS, the Sheroes of Love Virtual Challenge, and all the girls involved in the organization were the inspiration for this book.

To learn more about GLS, visit GirlsLeadSummit.com and follow them on Instagram at @girls_lead.

Preface

The pages of this book take you on an intergalactic quest of a young girl who travels to different planets and discovers the magic within herself.

We are sharing her journey to empower girls all over the world to become the greatest versions of themselves and to help them realize that they have superpowers that come from within: integrity, kindness, gratitude, and self-love. They don't need super strength or X-ray vision. These natural superpowers are all they need to become their own superheroes—for themselves and for the world.

Mimi: Shero of Love isn't just for young girls. It's for people everywhere who long to reconnect with their inner child; to heal, to grow, and to realize their full potential.

Table of Contents

Chapter 1:
Planeta Lili

The night before, Māyā saw her mom gazing out the window of their apartment. It was a warm summer night. The digital clock above their mantle read 1:11 a.m. Way past her bedtime.

The streets that were usually packed with busy people going about their busy lives, were almost completely empty. There were just a couple of floating scooters whizzing by.

On the horizon, she could see the mountains, illuminated by the soft glow of three moons: the full moon, the waxing moon, and the waning moon.

This phenomenon only happened once a year on the Lili planet of the Andromeda Galaxy. It was called the Phoenix Moon, and according to Caridad, Māyā's grandma, it signified the start of a new cycle.

As she approached with a bit of hesitation, Māyā noticed a glimpse of sadness in her mom's eyes.

She didn't understand what was going on. Her mom didn't even say a word about how late it was and the fact that Māyā wasn't counting sheep in her bed.

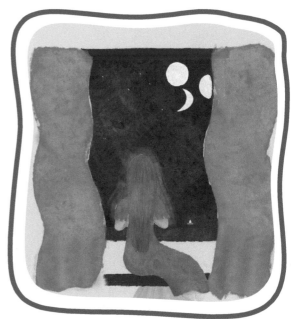

Mom just gave her a big hug and squeezed her tighter and longer than usual. She kept repeating that everything would be okay.

Māyā went to bed with a heavy heart.

She woke up to a little note on her bedside table with her favorite chocolate.

She thought, "Wow! I never get chocolates! I must have been behaving really well!"

As she unfolded the note, she began to read a message from her mom. It said:

> Mimi, *mi niña,* today, your Papi and I must leave with our souls shattered in a million pieces. We have to go in search of new horizons and better opportunities for you and your brother.
>
> As you know, your papi and I were born here in Lili, just like our parents and their parents. This planet has been our home for centuries. But in the last couple of years, it has become harder and harder for us to provide for our family. Your dad lost his job last year at the nuclear plant and hasn't been able to find work since. And your Abuela's pension is barely enough to put food on the table.
>
> Because of the lack of resources, the streets have become more and more dangerous. You see, when people are desperate to feed their families, sometimes they do things that threaten the safety of others. I don't want you and Nando to grow up in a world like this.
>
> Plus, our neighbors up north are becoming more and more unfriendly, and are threatening to take over this land. This intergalactic conflict is going to get worse before it gets better, so your Papi and I have to hurry to find a safe place for us to settle in.
>
> We wish we could take you with us, but the journey will be hard and dangerous. And we don't know where we'll end up yet. Just know that we are doing this because we love you, and we want the best for your future.
>
> *Y no te preocupes, mija*, we're leaving you and Nando with your Abuelita. Who better to take care of you than my own mother? She's the only person I can trust *con mis preciosos tesoros.*
>
> We promise we'll come back to get you as soon as we find a safe place to settle down. Then, we'll be a big, happy family once again.

Māyā cried and cried.

She was so sad and felt extremely heartbroken, even though she didn't know what heartbroken felt like. All she knew was that everything hurt, down to her very soul.

She hugged her little brother, and together they went to look for their Abuelita in search of some much-needed comfort and love.

Her grandma was waiting for them with open arms and their favorite breakfast: pancakes with extra chocolate chips.

She told them everything would be okay, and that she would be there for them no matter what.

From that day, Māyā was changed forever.

She refused to accept that her parents were gone and wouldn't come back for a long time. Or worse, not come back at all. So, she began plotting a quest to find them, no matter what it would take. After all, she had all the time in the world during this lonely summer vacation.

She took out her notebook and started to write down the 10 essentials she would need for the trip:

1 - Bring lots of oranges. Vitamin C is important when you're traveling to faraway planets, according to my grandma.

2 - The binoculars from my Adventure Girl playset that I got last Christmas. Sometimes, when I look through them and focus extra hard, I see these funny-looking sparkles. Not sure what they are, but they're mesmerizing.

3 - The sweater my mom knitted for me. She told me to wear it any time I needed an extra big hug.

4 - My yellow, all-terrain rubber boots. I use those every time I go to the river. They come in super handy for water fights with my brother Nando. I also wear them when I go to the mountains to have epic adventures exploring with my family. We once found a snake on the trail and I felt very safe in my tall, sturdy boots!

5 - A digital translator. My teacher Mrs. Vega got it for me as a gift because I got an A+ in Serelli (the Siru planet language). I'm really good at learning new languages. I'm sure it will come in handy when I'm asking people if they've seen my parents.

6 - A holographic picture of my parents that is transmitted from the digital photo ring my dad got me for my 10th birthday. This one's one of my favorites. My dad has my mom on his shoulders while she reaches to pick an orange from our tree in the backyard.

7 - My love compass. It always shines brighter the closer I am to my parents.

8 - A magic watch with every time zone for every galaxy, complete with custom ringtones and alarms for each one!

9 - Transpor. . .

"Oh shoot!" Māyā thought to herself. "How am I supposed to transport myself? How am I going to get out of this planet without a jetpack, or even a floating scooter?

Okay, calling ideas, calling ideas, calling ideas . . .

Maybe I could open a lemonade stand . . . No, scratch that! How many lemonades would I need to sell to buy a flying scooter? At least 50,000? Agh . . .

How about I break my piggy bank? Yes! Let's do that!"

"One, two . . . 25 pranas, this won't get me very far . . .

Okay, how about . . . ? Let's just stop, all these ideas are simply stupid . . ."

Māyā found herself crying again, now she was not only sad, she was angry and frustrated.

"How could I ever think this mission would be so easy? That finding my parents could be solved with a couple of oranges and some stupid yellow boots? I'm such a dummy! My parents are risking their lives to find a better place for us to live. Maybe I should just keep quiet, mind my own business, and just stay focused on my homework.

It could be dangerous. And I don't want to worry my grandma by disappearing. And what will Nando do without my hugs or cheesy jokes? Yeah, maybe it was all one big dumb idea.

I'm just a little girl. And the galaxy is so huge. How did I ever think I could find my parents? It's like searching for a little sparkle of glitter in a pile of autumn leaves."

Māyā fell back into a deep sadness.

The dream of seeing her parents was even more distant than before.

She picked up her yellow boots and her backpack with everything inside and decided to take a walk by the river.

As she was buckling her boots and zipping up her jacket, Nando pulled on her sleeve and started pestering her.

"Sis, can I come? Can I come? Where are you going? Can I come?!" Nando exclaimed.

She gave him a big hug and a kiss on the forehead.

"Sorry, little man, I have to take a little walk by myself. I won't be long. See you before sundown. Pinky promise," Mimi said.

Her grandma watched from afar as Māyā walked out the door. She could sense her sadness but didn't know how else to comfort her.

"I'll be back before dinner, grandma! Love you!"

As she walked to the river, she slowly crumpled the list into a big ball.

The same thoughts kept looping in her mind. Over and over again.

She kicked the rocks along her path.

She just couldn't understand this rollercoaster of emotion.

Sadness. Anger. Frustration. Back to sadness again.

Tears streamed down her face as she desperately tried to make sense of it all.

When she finally arrived at the river, tired and sweaty from the journey, she took off her jacket, used it to wipe her tears, and placed it on the ground as a blanket to sit on.

She stared at the flowing stream and realized there was a beauty in the river that she never noticed, until now.

It looked as if there were tiny iridescent diamonds flowing downstream.

It was magical.

She felt the call to come closer and touch the water.

As she ran her fingertips through the water, she created streams of bioluminescent colors.

"Wow," she whispered to herself.

She felt a connection with the river and listened closer to the flowing water. All of a sudden, she heard a murmur that sounded almost like the planet's native tongue.

She listened even closer and realized the water was giving her a secret message. One that only she could hear.

"I can feel your sadness, Māyā," the River whispered.

Māyā was startled and took a few steps back. For a second, she thought about running away.

The gentle River, sensing her hesitation, softly spoke again. "Don't worry, Mimi, I'm here to guide you."

Māyā replied in disbelief, "Wait, how do you know what my parents used to call me when I was little?"

The River said, "Well, Mimi, I've been here for as long as you've been alive, and for millions of years before that. I can see all, and I can hear all.

I've been a part of your family for centuries.

Remember the summer when you and Nando jumped into the water from that tire swing your dad built—the one right over there. Well, I was there to catch you.

And you know the annual Build Your Own Boat race that your neighborhood organizes? Well, I've helped steer you kids, year after year."

"Oh wow . . . you ARE magic," she replied.

"I know you miss your parents, Mimi. And I can help you find them," the River continued.

"Wait, you know where they are?!" Māyā replied excitedly.

"Well, not exactly, but I can help you along your journey. Legend has it that whoever collects the three Magic Clavis, treasured keys that are hidden on the three planets of the Andromeda Galaxy, will get to open a portal with the power to make any dream come true," the River said.

Māyā's eyes were wider than the time she got her robotic flying unicorn for her fifth birthday.

Torn between fear and excitement, Māyā put her head into her hands.

"I love my parents and I really want to see them. But now you're telling me that I have to go to three planets? How is that even possible when I haven't even left the Indigo Barrio. That's just cra—"

"Mi—" the River tried to interject.

"Crazy! I'm only 12 years old! I don't even have my floating scooter license yet! As a matter of fact, I don't even have a floating scooter. I don't have any way of getting arou—"

"Mimi . . ." the River tried again.

"Around! Besides, can you imagine me in the middle of the galaxy— all by myself? The Lili news talks about people disappearing all the time! And I can't just disappear! My grandma would have a heart attack if I wasn't home before dinner each ni—"

"Māyā!" the River exclaimed, as he splashed her right in the face.

Shocked by the unexpected water droplets, Māyā's mind stopped racing.

"Just listen," the River started again. "What you're feeling right now is called fear. And it's normal. Because fear is our friend. It tries to save you when it thinks you could be in danger.

Remember that time you were climbing that tall, tall tree, and the branches started getting more and more shaky as you got higher? Fear was telling you to start making your way down, because the tree couldn't support you anymore.

It's beautiful that your friend Fear is trying to save you right now. But guess what? You are safe. That's why I'm here, guiding you. You are not alone in your journey.

Fear was trying to save your life.

Fear has one beautiful power. It's the ability to transform instantly into love. Because as you can see, it appears because it loves you so much and it doesn't want anything bad to happen to you.

So, right now, I want you to tell Fear: It's okay, I know I am safe. And you are safe to transform into love.

Sing this song with me, and let's calm your fear together, and help it turn into love."

Fear, fear, fly away.
There is no danger in my way.
I am safe. Blue skies above.
Now you can just turn into love.

Māyā started softly singing the tune, as the River encouraged her to raise her voice.

"Louder, Māyā, so the mountains can hear you, too!" the River exclaimed.

Māyā started belting it out, with more confidence than ever.

Fear, fear, fly away.
There is no danger in my way.
I am safe. Blue skies above.
Now you can just turn into love.

As she sang, the fear disappeared from her body, and she was filled with the warmth of love.

With newfound confidence, she accepted the River's mission to find the three Magic Clavis that would help her find her parents.

The River continued slowly, "Now, I understand you don't have a floating scooter or a ship to go to the three planets and also you don't want to worry your grandma or Nando by being away for too long during your mission.

Lucky for you, I've already thought of a solution—but, we have to work together to bring it to life. I'm going to show you something very special—and very secret. It's an ancestral sign that you can make with your hands and fingers.

First, put your thumbs and your index fingers together to make a heart. Then, connect the rest of your fingers to make a pyramid in front of the heart.

We call it the Agape Mudra. A mudra is a position in your hands to attract a specific power and 'agape' means love—the kind of love that can transform you. And it's precisely the force that will fuel you through these journeys.

Every morning right at sunrise, you'll sit by me, just like you are right now, and make the mudra with your hands. This will clear your mind completely, allowing your imagination to flow and your creativity to blossom. Once your mind is quiet, you will begin to imagine your transportation device. The ship that will take you from one planet to the other in your quest to find the three Magic Clavis.

However, I don't want to influence your imagination in any way. This device is totally up to you. It doesn't have to be a ship or a bicycle, or a floating scooter.

It can be anything that already exists, or something that the world has never seen. With my magical powers and your infinite imagination, we can literally create anything you set your mind to.

Oh, and before I forget, there's another bit of magic news about time. As I told you, you'll come here every morning before sunrise to see me. You will leave this bay and travel to a new planet every day. But, you will always be back before dinner, no matter how long you *think* you spent at each planet you were visiting. You see, time doesn't work the same way on those planets as it does on Lili.

On one planet, you might feel like you were only there for 10 minutes, yet when you come back, it will be close to sunset and time for you to get home. While on other planets, you might feel like you were there for a whole year. Don't worry, you'll always be back before dinner," the River explained.

Struggling to find words to react to all of this new, magical knowledge from the River, Māyā was almost breathless. The River noticed her shock, as her eyes looked wider than he had ever seen.

"I know this is a lot to take in, Mimi, but this is the start of something beautiful. You will experience so much growth with each new challenge.

You'll make friends and see places you never knew even existed. I know it's scary, but if you ever feel overwhelmed, you can always quiet your mind using your Agape Mudra and imagine me by your side. I'll be sure to whisper the guidance you need at that very moment. All you have to do is trust."

Māyā exhaled loudly, as if a big weight had been lifted off her shoulders. She felt instantly at ease knowing the River would be there if she needed him.

"Okay, Māyā, I think you're ready now. Let's work together and create the magical device that will take you from A to B to Z—and all the way back. Let's start by closing your eyes," said the River in a soft, gentle tone.

As Māyā closed her eyes, a million and one thoughts flooded in.

"OMG, what time is it? I think it's getting dark! My grandma is probably freaking out right now. I think she's cooking dinner and, wait, didn't she need me to pick up tuna jelly from the corner market? She's going to kill me if I forget the main ingredient in our special family recipe.

And what about Nando? I know he's probably going to be bugging me every day, like he always does: 'Where are you going, Mimi? Can I come? Can I come? Can I come?'

What am I going to tell him?! That I'm just casually hanging out with a talking river that tells me I can make things with my *mind*? How am I supposed to break it to him that he will have the loneliest summer vacation ever while my parents are gone—and that I won't be around as much either?

Maybe I'll just tell them I got a summer job at Aoife's Galactic Ice Cream Emporium. They have the best hydrogen slushies there! Yes! That's what I'll do!" Māyā concluded.

The River noticed all of these thoughts whirling around Mimi's mind.

Not to startle her, he slowly pushed a gentle wave to her toes to get her attention.

SWISHHH, SWISHHH

Mimi opened her eyes, a bit guilty for not being able to focus and quiet her mind.

"Clearing your mind is not as easy as it seems, right Mimi?" the River continued. "That's why when you close your eyes, remember to always use your mudra. The moment you make your mudra is the moment your body tells your mind that it's time to focus and get centered."

Mimi listened and tried again, now with her mudra.

Immediately, as if she had entered into a vacuum, all the thoughts disappeared instantly. And her mind was open and clear to start creating.

The River encouraged her. "Now that your mind is clear and the creativity is flowing, simply speak your ideas into existence. You will build your magic transportation device out loud. One piece at a time."

A powerful vision came to Māyā's mind. It flowed seamlessly, as if a muse was whispering in her ear.

"Okay. Here we go!" she said to herself.

She boldly pronounced each piece into existence:

"Let's start from the outside in. My transportation device has to keep me safe. So, the first thing I'll manifest is a glowing purple star. Each of the six points will be six feet tall, six feet wide, and six feet deep.

I love these numbers because they remind me of carbon—it has six electrons, six protons, and six neutrons. And it's one of the main ingredients of stardust!

My Quantum Physics teacher, Mrs. Vega, says that it's one of the most abundant elements of the universe, and without it, the universe wouldn't even exist!

She also taught us that carbon loves to bond. Maybe that will help me rediscover my bond with my parents. It will be big enough for me to fit comfortably inside—and bring snacks!

Oooh, I can get a few packs of Atomic Gummy Dragons that Nando loves so much! They'll remind me of him while I'm far away."

As Māyā was finishing her vision, the River began to part to make way for her beautiful creation.

Māyā started to slowly open her eyes with a bit of hesitation. She wasn't sure if it was okay to open her eyes before the whole thing was done.

"It's okay, Mimi, you can peek," the River said playfully. "I'll bring it to life for you, one piece at a time, just like we talked about."

When Māyā opened her eyes, she saw the sparkling bioluminescent diamonds of the River rising above the water to form exactly the creation she had imagined just seconds ago.

The River then revealed the biggest three-dimensional star Māyā had ever laid eyes on.

"Wooooow, *you really are magic!*" she squealed. "Now—how will this ginormous thing move from planet to planet?" Māyā asked.

The River continued guiding her, "Remember, every time you want to create, just close your eyes, clear your mind, and make your Agape Mudra."

Māyā listened, and quickly closed her eyes and put her hands together. She was able to clear her mind faster than ever before.

She was excited to see that she was already mastering this technique and couldn't wait to keep creating all the amazing wonders of her wild imagination.

Māyā felt a gust of wind, as if a bird had just fluttered by her face.

Her mind immediately raced to one of her favorite birds in the whole wide world. Her Grandma Caridad's pet owl, Señor Búho.

Mimi would look at him every morning while eating breakfast with her grandma. She could almost smell the amazing aroma of *café con leche*.

She would always daydream about what it would feel like to be able to fly with the same huge wings that Señor Búho had.

So she decided to give her starship the wings of an owl.

"Maybe Señor Búho will give my ship extra wisdom to guide me across all three planets," she started thinking to herself.

"OOooooOOOoh I love the sound of Magic Starship! That's way better than calling it a 'transportation device,'" she said to herself in a stuffy, formal tone.

With a bold voice, she declared, "Take flight, Magic Starship! Let's add some giant owl wings for good measure."

She opened her eyes with excitement and anticipation, like a Christmas morning at home. Racing Nando down the stairs to be the first to unwrap presents under the tree.

She felt another gust of wind as the wings seamlessly attached to the sides of the glowing star.

Māyā closed her eyes again. She was on a roll!

"Now . . . for the inside. The captain's cockpit. I want it to be comfortable, functional—and delicious. I'll create the seats from marshmallows! That's it . . . so when I run out of snacks, I can nibble on the seats. I'm great at coming up with Plan B's."

When she opened her eyes to check her creative handywork, she was able to see *through* the starship itself into the cabin.

"Whooooah, did I just get X-ray vision? This is so cool!"

The River answered, "Of course Mimi, there is no superpower that's out of reach when you really put your mind to it. Your potential is as limitless as the Andromeda Galaxy itself!"

ACTIVITY:
And finally, Mimi added the most amazing feature of all to her Magic Starship. She closed her eyes and imagined it in all its glory:
(Psst . . . you get to write and draw this part yourself! What would you add if you were in Mimi's shoes right now?)

_____
_____
_____
_____
_____
_____
_____
_____

"Do you want to come inside and look around?" the River continued.

Māyā jumped up, and frolicked across the open path the River had parted for her.

The glow of the cabin was breathtaking. There were glitter sparkles in the air and even a cooler with plenty of bottles of her favorite Rocky Road Chocolate Milk. Fuel for when the ride gets extra bumpy!

She approached the cockpit and saw an unexpected passenger waiting for her.

"El Conejo Bueno! Is that you?!" Māyā yelled with excitement, running toward the front of the starship.

"Hi, Mimi! I hope you don't mind. I snuck into your backpack when I heard about your plan to find your parents. I'm a great co-pilot! Can I stay? Pretty please?" El Conejo said.

Even though El Conejo Bueno was infamous for giving bad advice, Māyā thought it might be nice to have the company.

"Okay, why not! Let's do this! Buckle up, Conejito. This is going to be our most epic adventure yet!" Mimi exclaimed.

As she settled into the driver's seat, she realized something important about the Magic Starship.

"Uh oh . . . this is a stick shift! I barely know how

El Conejo Bueno is a mischievous bunny sidekick that ironically gives Mimi bad advice. He's sort of like the devil on her shoulder, but playfully naughty. Although he has a good heart and wants the best for Mimi, he has a tendency to get her in trouble—like the time he told her to sneak out of the house past curfew to visit the Wizard Damas, who sell *chicles* on the corner of Loola Street.

to drive an automatic. My dad once let me sit on his lap and steer when he drove our flying car in the grocery store parking lot. But that's all I know how to do," she continued nervously.

"Don't worry Mimi. Just trust yourself. You know more than you think you do." the River advised.

"You're right! I'm a quick learner! I got this!" Mimi said with newfound confidence.

She put the lollipop key in the ignition and turned it quickly. This special key had a swirly design with deep blues, vibrant red, and so much more. In fact, it housed all the colors of the Andromeda Galaxy.

The engine started up, but then fluttered out immediately.

She wanted to bang her head against the steering wheel out of frustration.

"What the heck?! This Magic Starship is broken!" Mimi yelled.

"It's not broken, Mimi, you just forgot one very important thing," the River replied. "Fuel. What will it run on?"

Without even a moment of hesitation, she answered: "Love. The love for my parents will fuel my journey and guide the way."

She closed her eyes and pictured her favorite memory with her parents. That time they took a long road trip in their flying car down the Pacific Lili Highway. They played eye-spy, sang careoke (as dad liked to call it—just one of his million cheesy jokes), and laughed so much! After five hours of games and singalongs, the car was completely quiet. She saw her mom and dad holding hands in the front, and she was totally at peace. Mimi looked out the window in wonder, staring at the ocean and the sun slowly setting over the infinite blue waves. Nando was sound asleep on her shoulder, snoring quietly, as he usually does.

She was overcome by an abundance of love.

She smiled, put the lollipop in the ignition and heard the engine start up.

But instead of the revving sound of a typical floating scooter, the engine started playing the tune of a lullaby her mom used to sing her while rocking her in her crib and strumming on the Acoustic Gadooli that was passed down from her great-great-great-grandmother.

Sleep, sleep, my Mimi girl,
You are safe and sound.
Not a care in the whole world
While I am around.

Just as Mimi was about to press down on the gas pedal, the River interrupted with urgency.

"Mimi! Wait! Do you even know where you're going?" he asked.

"Noooo," she replied, "but I assume the Magic Starship does."

"Well, my Mimi girl, that's not really the way life works," the River told her.

"You see, you have to set an intention for the road ahead before you hit the gas pedal on anything you do in life. If you're not living your life by design, you're living by default—or on autopilot!

First, you need to get clarity on where you want to go, and why, and then all the forces in the Andromeda Galaxy will conspire to help get you there!"

"Hmm, I actually have no idea where my first stop should be. The galaxy is so huge. How am I supposed to know where the first Clavi is hidden!" Māyā said.

"Mimi, there are always signs or signals that will come your way. They will help guide you in the right direction. You just have to be present—to have an open heart and mind—in order to see them. Let's start by closing your eyes," said the River.

Mimi closed her eyes with hesitation, not sure where the River was going with his strange suggestion.

"Okay, now think about the last memory you had with your parents, where you were all together as a family, where you felt limitless love and connection," the River continued.

Mimi listened and started to visualize the most amazing trip to Aoife's Galactic Ice Cream Emporium. Images started pouring into her head, and the emotions of pure joy and excitement filled her body.

It was almost as if she were there living that moment all over again!

She remembered racing Nando to the front door to get the spot ahead of him in line, so she could place her ice cream order first.

They ran through soft clouds of sub-zero nitrogen and smelled sweet marshmallows as they weaved around the store and claimed their spot in line. Nando almost ran into the elderly lady in front of them from all the excitement.

Dad gave him a stern look to slow down and mom loudly whispered, "*Niños, paren,* remember, we're in a public place! This is not a playground!"

Nando answered, "But mom, it feels just like a playground with all these clouds of nitrogen and tasty treats around."

When it was finally Mimi's turn to order, she knew exactly what she wanted. Her usual: the Azul Hypersonic Star Sundae! The secret ingredient: Blue Sprinkles. They melt in your mouth in 0.333 seconds!

Nando got his usual as well. The galactic Chocolate Brownie Bonanza covered in chocolate whipped cream. Nando reeeeeeally loves chocolate.

Mom and dad also got their usuals: two vanilla cones. One scoop each. They're kind of boring.

We all sat outside on their rainbow picnic blanket, soaking up the summer sun. Nando and Mimi finished their ice cream in record time, and then laid down, with full and happy bellies. *"Barriga llena. Corazón contento,"* as Abuelita Caridad always says.

They watched the clouds for what seemed like hours. They played one of their favorite family games: Name That Cloud! Mom thinks she came up with that game, but I'm pretty sure everyone in the Andromeda Galaxy knows it.

Dad went first. "Hey, I found one! You see that one to the right?"

Nando and Mimi squinted, not able to see the cloud he was talking about.

"The big one, right over there. It's shaped like a turtle!" he exclaimed.

"Ohhhhhh! There it is! I see its four little legs!" Mimi yelled excitedly.

"Hey! And there's the shell!" Nando continued.

Mom found one next.

"Oooh! I got one! I got one! *Un Ángel*, right above us! You see, it has big flowing wings, and a halo! It looks like daddy's guardian angel, Azrael."

"Mooooooooooom, those are the only shapes you *ever* find in the clouds. They all look like angels to you!" Mimi told her.

"Well, I guess it's because I love to believe that our family is always protected by something greater than ourselves," mom said with love in her eyes.

Mimi found one next.

"Hey, do you guys see that cloud? It looks kind of like the Blue Hypersonic Star on top of my ice cream sundae!" she exclaimed.

"Ahhh, yep, I see that," dad commented. "First, it's in your belly, and now it's in the sky!"

"Daaaad, you're so cheesy. You never run out of dad jokes," Mimi told him.

"This place means so much to everyone in my family. My grandma is definitely going to believe that I got a summer job here. Why wouldn't she?!" Mimi thought to herself.

"Okay, Mimi," the River whispered to get her attention and gently bring her back to the present moment. "Now open your eyes and look for a sign from your memory. It will tell you exactly where you need to go next."

She opened her eyes excitedly, awaiting the sign the River mentioned.

She looked and looked and looked. And didn't see anything. "Is it in that tree? Is there any ice cream? Is it a cloud?"

Right as she was about to give up and get super frustrated, she saw a beautiful, beaming, blue light in the sky.

"It's my Blue Hypersonic Star from the top of my ice cream!! No way! That's where I need to go!"

Just as soon as she was about to hit the pedal—yet again—the River interrupted.

"Mimi! Wait—this is a sign. First, you need to learn how to read these signs before mapping your route. I'll teach you the way. Step 1: Grab your love compass."

Mimi got it from El Conejo Bueno's hands.

"Thanks for holding onto this for me, buddy! Okay, got it!" Mimi said.

"Now, point it directly at the star," the River continued.

Mimi raised the love compass and aligned it exactly with the Blue Hypersonic Star.

Immediately, she saw the love compass light up and felt a dull vibration, as if it was calibrating her route.

Then the compass's light got even more vibrant and emitted a holographic version of the star onto her starship's windshield.

On the right of the windshield, she noticed a latitude and longitude point pop up 22.2222°N, 11.1111°W along with the name of the planet "Planeta Integridad."

"Wow! My own personal galactic GPS! I had no idea my love compass could do all that! Sweet!"

The River said gently, "You see, Mimi. Step by step. Now you know exactly where to go."

She thanked the River, buckled herself up, and then buckled up El Conejo Bueno.

"*Ahora, nos vamos al* Planeta Integridad!" Mimi exclaimed.

Chapter 2:
Planeta Integridad

She hit the gas pedal, and the Magic Starship slowly floated higher into the sky, way past the clouds that her family used to imagine coming to life.

She noticed the love compass turn bright pink, and then the starship whizzed away in lightning speed toward her destination.

"Wheeee!!!"

Mimi held El Conejo Bueno's hand as they stared out the window, in total awe of the bright lights around them. They even saw a couple purple shooting stars.

"Don't forget to make a wish, Mimi," El Conejo Bueno reminded her.

"Ooh! You're right! Never let a shooting star go by without making a wish. Let's see . . . I wish . . . I wish . . . that my grandma would cook my favorite dish tonight: Arroz con Cosmic Blueberries. Yum!"

"You're always thinking with your tummy, Mimi. If you're hungry, you can always take a bite of those marshmallow seats before we start our adventure."

"Good idea!" Mimi said as she snacked.

CHOMP, CHOMP, CHOMP

Before Mimi could finish her snack, they realized they were only 1,111 kilometers away from their destination and they could see a little blue marble-shaped planet quickly approaching.

The windshield lit up with a magical glow, revealing some very important instructions:

Dear Space Cadet Mimi,

Welcome to your first mission. You are now 999 kilometers away from Planeta Integridad: The Planet of Integrity. The people of this planet are in big trouble.

They have lost their way completely. They lie, cheat, and steal—every chance they get!

Their planet motto is:
Lie, lie, lie your way through life—and if you need to, lie, lie, and lie some more until you get yourself out of trouble.

Your mission:
Remind the inhabitants of this planet about the power of saying one thing, and actually doing it! That's integrity.

Before Māyā could think of a plan, the Magic Starship descended on a tiny green patch of grass.

Mimi and El Conejo Bueno were excited and at the same time confused about how they were supposed to accomplish this mission.

"Remember, the River said to follow the signs and the guidance will appear," the rabbit reminded Mimi as they cautiously unbuckled their seatbelts and started making their way off the starship.

Mimi looked around for an "OPEN" button, and then saw a red lever above the door. It was too high to reach, but she spotted a mini trampoline tucked away in the corner. She swooped her bunny companion into her arms, and made the leap.

"1, 2, 3, jump!" she yelled.

Mimi and El Conejo hopped up high enough to reach the lever, and pulled with all their strength.

As they pulled, the starship door opened and released a shiny yellow slide. It was twisty, turny, and oh-so-fun!

She put El Conejo on her lap and they took off.

After about 0.333 seconds of pure joy and exhilaration, they had landed on the patch of grass. This was the first time their feet had touched the ground of a planet other than their native one.

Mimi was so excited to be on a new planet. Her first time away from home. She and El Conejo Bueno started frolicking around the starship, challenging each other to their usual cartwheel showdown.

"How many can you do in a row?! I can do . . . 1 . . . 2 . . . 3 . . . 4 . . . 5 . . . 5!" Mimi counted with each turn. "Now it's your turn, El Conejo," she said.

"Okay . . . 1 . . . 2 . . . 3 . . . ouch!" he exclaimed.

El Conejo stumbled on a small creature with four legs and pointy ears. It was brown with some black markings around its tiny, beady eyes. There was a leather ring around its neck that had pictures of flames all around it. And he didn't speak Sireli—or any other tongue that Mimi was familiar with, for that matter. This little furry beast spoke in high-pitched yelps. And he didn't even apologize for bumping into El Conejo! Instead, he lifted his hind leg, and peed on the side of the starship! What nerve!

Mimi ran towards the starship and picked up El Conejo to comfort him after this unfortunate run-in.

"What do you think you're doing, little beast? This starship cost me my entire imagination to create! Do you know how precious it is? You can't just pee on it, and not even apologize," Mimi said indignantly.

The creature continued to make the same sound, just louder now!

Mimi remembered she had her trusty translator from Mrs. V in her purple backpack. She quickly took it out before the monster could run away and pointed it right at him.

The translator was the top-of-the-line model. The 528HZ. It not only tells you what language someone is speaking, it also tells you their species, their favorite color, and their intentions.

"Hurry, hurry 528HZ," Mimi yelled at the translator, shaking it to work just a millisecond faster. "I need to communicate with this creature so I can tell it to stop peeing on the Magic Starship. It's messing up the sparkle topcoat!"

BLOOP . . . BEEP . . . BAZZAAAAA!

"Calculation complete," the translator said in a robotic voice:

Language: Dog
Species: Dog - Animal from Planeta Integridad
Sub-species: Chihuahua - Name: Diablo
Favorite color: The pale grey hue of his owner's favorite tennis shoes after he chews them into unrecognizable mutilated pieces
Intentions: Pee on starship, and not apologize

"Ahhh, well now this makes a lot more sense," Mimi said to herself. "Maybe I'll try to reason with Mr. Diablo."

Mimi spoke into the translator to begin her dialogue with the unfriendly dog.

"Hello, Diablo. My name is Māyā. I'm 12 years old and I'm from the Lili Planet. I'm on a quest to search for my parents. Oh, and this is El Conejo Bueno. We both come in peace and ask that you please stop peeing on our vehicle. We really need it to work to get us to the next two planets. Can you please do that for us?"

As Mimi was speaking, the translator would translate to the dog language:

"Woof, woof, woooofffff, wooofety woof woof. Woooof. Woof?"

El Diablo, half-listening to Mimi's plea, slowly lowered his leg. With a sly smirk, he barked back:

"Woof woof."

The translator computed:

"Wasn't me."

Mimi and El Conejo Bueno were in total disbelief.

She was losing her patience a bit, and started ranting at the malicious little monster:

"What do you mean it wasn't you?! I literally see you peeing right in front of my eyes."

The dog looked unimpressed, and let out a bored yawn.

Just as Mimi was about to give El Diablo more than a talking to, she saw a young girl running towards her from the hillside. She had an angelic glow around her, and as she got closer, El Diablo's tail began to wag faster and faster.

"Oh my goodness, I'm so, so sorry. Did he just pee on your vehicle? He does that sometimes. My neighbors always complain about shoveling their cars out of yellow snow in the winter time because of this little devil. Hi, I'm Angela, by the way. I don't think we've met yet. I know almost everyone on this planet," the girl said smiling.

"Hi, Angela, I'm Māyā, but all my friends call my Mimi. And this is El Conejo

Bueno, my trusty bunny companion. Wait, did you say you knew almost everyone on this planet? No way! According to the navigation system on my Magic Starship, this planet has at least seven billion people. How did you ever get the time to meet everyone? You're probably in 4th or 5th grade just like me," Māyā said.

"Well, I was given a very special mission and I took it very seriously from a young age. You see, this planet has a big problem with people—and animals," she said, glancing at her four-legged companion, "lying right to your face. They think that saying a lie over and over will eventually make it true . . . and that's not how it works . . .

My family moved here when I was only two years old, and they vowed to spread the power of truth and love to each inhabitant. You see, my parents can't do it alone, so they instructed me to spread truth to at least 200 people a day. So, I've met about six million people . . ."

"Wait, how did you possibly do that?" Mimi asked in total shock.

Angela replied, "Well, I connect with them through a magical thing we call the World Wide Web. We become friends through this galactic portal. That's how I'm able to teach truth to so many people in so little time.

But I've got a loooong way to go because not everyone is ready to learn. They hold onto these things called white lies, that they think aren't so bad, but really, they can be toxic to your Integrity."

"Integrity . . . integrity . . . integrity!" Mimi thought to herself. "That sounds familiar! I remember—it's part of my mission. In order to get the Magic Clavi on this planet, I need to teach Integrity. Maybe I can work with Angela to make it happen? Perfect synchronicity!"

Mimi understood that El Diablo was actually a sign. If it wasn't for this unimpressed dog, she wouldn't have met Angela . . . Mimi knew she was being guided and asked Angela if they could combine forces on their quest for truth!

"Angela, you're never going to believe this! You've been talking about integrity, and this has been my mission all along! You see, I'm on a quest to find my parents—and I was given the task to stop at three different planets to find three Magic Clavis. Once I find all three, I'll be granted a wish for anything I want. My Magic Starship guided me here as my first stop. My goal is to help the people of this planet become more honest. So, you see, we're totally aligned! Perfect synchronicity. How about we team up on this very important mission?" Mimi proposed.

"Oh wow! This is incredible. You know about the Magic Clavi too? My family and I were granted one after we helped our first million people on Planeta Integridad live their truths," Angela exclaimed.

"Wait, so if your family already got the Clavi from Planeta Integridad . . . does that mean there isn't another one for me?" Mimi asked.

"Not at all, Mimi. That's not how the universe works. You see, there are limitless Clavis on each planet. And although people may believe they are limited and hard to find, they are actually abundant and easy to access—all you have to do is believe. Whether you think something is easy or hard, you're right. So, it's very important to have a mindset of abundance versus scarcity—a point of view that there is more than enough of everything for everyone. We call that a win-win," Angela responded.

"What do you mean 'win-win'?" asked Mimi.

Angela explained, "Well, a win-win is simply, when everyone wins. For example, when we helped the million people rediscover their integrity, we all won. The people we helped became more honest, and in turn created better relationships amongst themselves. They treated people with more kindness and compassion. And that elevates the entire planet's frequency—it creates a better environment for everyone to live in. So you see, Mimi, we all won. Win. Win."

"Sweet! That sounds great. I'm so ready to create my first win-win—and most important, get that Magic Clavi. Where do we start?" asked Mimi.

"Wait a minute, Māyā," Angela stopped her.

"I want to make one thing very clear. Our focus when we're helping people should never be the reward, or the Clavi in this case. When we help people, we do it from the goodness of our hearts. You'll know you're on the right path when you're doing something for someone else and your heart fills with unconditional love. Have you ever felt that way before?"

Māyā jumped back into a memory from her childhood.

At Arcoiris Elementary, there were some kids whose families didn't have as much money as others. Sometimes they would wear the same clothes a few days in a row, and they couldn't afford to bring their own lunches, or pay for the school's lunch program. These kids tried their best to hide the fact that their families were poor, but sometimes they couldn't.

One day, Māyā was super bored in math class. She was sitting next to her best friend, Aaya. The teacher's lecture started to sound like one monotone sound, a lullaby that made her eyelids feel very heavy. Just as she was about to fall asleep, she was woken up by the rumble of Aaya's stomach. When she looked over at her, Aaya put her hands over her belly in embarrassment and Mimi wasn't sure what to do. That's when she realized that Aaya, and a bunch of other kids in her grade, never brought their lunch. They just played during lunch time and said they weren't hungry, or that they had a big breakfast. Now she knew they were too embarrassed to admit what was really going on.

Right after math class, she made sure to sit next to Aaya during the lunch break and split half of her peanut butter and moon jelly sandwich, as well her fun-sized pack of gold piranhas.

She never mentioned her belly rumbling in math class, but she knew she had to do something to make a change. She couldn't split her peanut butter and moon jelly sandwich 55 ways, so she created a Grocery Super Squad: a group of kids who would bring in their family's extra groceries once a week, and create an assembly line to make 55 lunches for the kids who needed them most. The Grocery Super Squad knew that the kids were embarrassed about being hungry during lunchtime since their parents couldn't afford packing a lunch for them. So, they left the extra brown bags inside the 12 cosmic slides in the schoolyard. That way, the kids who needed them could grab them in the privacy of these twisty, turny tubes.

Once she started seeing her friends like Aaya eating the fresh food from her carefully assembled brown baggies, she felt an abundance of unconditional love in her heart. This must be the feeling Angela is talking about.

"Mimi, are you okay? You just zoned out for a second. But by the big grin on your face, I bet you were able to find a memory where you felt that kind of love, the kind that can only come from helping someone and not expecting anything in return," said Angela.

"Yes, now I know exactly what you mean. Let's go help these people live more honestly, I won't worry too much about the Clavi. It will come exactly when it's supposed to, as the cherry on top to the joy we bring to the people of Planeta Integridad," Mimi replied smiling.

"Now you're talking, Mimi! So since we're working together, I'm going to take you on my most important mission. And it's definitely not a coincidence that you landed your Magic Starship on my planet today. This mission is so important that it's probably why El Diablo was peeing on your starship—he's a creature of habit, so he doesn't like change. And if we pull this off, the consciousness of this entire planet will shift. It will elevate to a higher frequency.

I call this mission 'The Tipping Point' and it's based on an ancient study that says that once you reach a certain number of individuals who behave in a certain way, then something called the 'critical mass' is achieved. That means that this new behavior or idea will spread like wildfire, by unexplainable means—almost

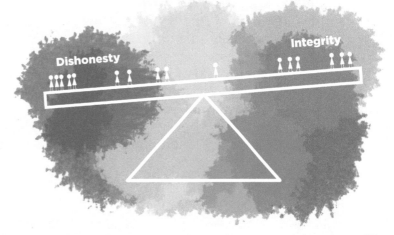

like magic—from this one group to the entire planet. It's pretty much a domino effect of good. And guess what? Today is the day it will happen. I can feel it.

Here's how we'll make it happen. We're going to help the most dishonest person on Planeta Integridad change his ways. His name is Pastor and he lives on the hillside, right over there, with his mom, dad, younger brother, and sister. He's a little spoiled since his parents give him everything he asks for—and he hates to share. His room is full of the coolest gadgets on this planet, like a tiny handheld computer that can give you the answers to any question in the world, just by holding down a button and saying 'Hey GiGi,' water guns that shoot maple syrup for the sweetest water fights ever, and even a moon bounce in his backyard! I went to his 10th birthday party last year, and he had about 1,000 presents piled in a pyramid. It took him a whole month just to open them all. The kids in the village got excited because they saw he got some toys that were duplicates, and they thought he would share them but instead he told them that they were all broken. He didn't even let his little brother or sister play with them.

He's a greedy boy who hates to share and lies all the time.

For his fourth birthday, he asked his parents for a flock of chickens, and every year after that, the chickens kept disappearing. Every couple months, he would call for help and say that a fox was attacking his chickens. The first few times, the nearby villagers came to help, and didn't see the fox. It turns out Pastor was catching them himself and eating them for lunch. After a while, the villagers stopped coming to his rescue.

One day, a couple of foxes actually infiltrated his backyard and took every single chicken. No matter how much Pastor cried for help, no one came because they knew he couldn't be trusted. If we are able to get Pastor to stop telling lies, I bet we could reach critical mass and spread honesty to every citizen of Planeta Integridad," Angela said with hope in her voice.

Māyā and Angela set out on their way to Pastor's house, while El Conejo Bueno and El Diablo stayed behind to watch the starship. It wasn't long before they spotted his castle on top of the hill. They reached the bedazzled metal and diamond gates, with a retina scanner, to keep intruders and unwanted guests out.

Since Angela had been to Pastor's birthday, her info was already stored. She scanned her eye, and the ginormous gates opened inward.

The girls entered with a bit of hesitation, nervous to talk to the spoiled *principe*.

They walked along a rainbow drawbridge surrounded by a chocolate fondue moat.

"That's what Pastor eats for breakfast, lunch, and dinner! Chocolate! And his parents have given up on trying to make him eat any vegetables. He's just too stubborn," Angela remarked as they neared the door to Pastor's wing of the castle.

Mimi knocked quietly and activated a camera that pointed right at her.

"Hello? Who's there?!" a concerned voice chimed in from inside the room. It was Pastor's overprotective mom. Back when he used to go to school with Angela and the other kids in the neighborhood, his mom would put huge dollops of sunblock all over his body—even in the wintertime! The other kids always teased him about it. They'd say, "Boo! Here comes Ghost Pastor! Run! Run!"

Frozen, the girls realized they didn't think of what they would tell Pastor's parents about their impromptu visit.

"Hellooooo?
I can see you, girls! Who are you?" his mom repeated.

"Hi! We are Angela and Mimi and we're here to see Pastor!" Angela began.

Before she could come up with a plausible reason for the visit, Pastor's mom interrupted.

Before she could come up with a plausible reason for the visit, Pastor's mom interrupted.

"Wow! I'm so happy to see you girls! Pastor hasn't had any visitors since we started homeschooling him six months ago. I'm so glad he still has some friends who miss him and want to spend time with him. Come right in! I think he's in the backyard, driving his mini Ferrari around the new race track."

Angela and Mimi walked through his messy room, full of toys—some still in their boxes. They saw a collection of kids' cars parked in the mini garage by the race track. When they got closer, they yelled to get Pastor's attention.

"Hey, Pastor! Remember me? Angela from Mrs. V's Science class," Angela said.

Pastor's Ferrari screeched to a halt when he saw the two girls standing at the finish line.

"Hey, what are you doing at *my* house? I don't remember inviting you here! Who's this random stranger, and why is she dressed so funny?" Pastor replied condescendingly.

"I know we came over without an invite, but we figured you wouldn't be too busy since we're all on summer vacation. I haven't seen you since you started homeschool, and wanted to catch up. This is my new friend, Māyā. She's from the Planet Lili, just 333,333 kilometers west of here. She's really nice and I wanted to introduce you to her," replied Angela.

"Well, as you can see, I'm very busy. I still have 44 laps to complete on my new race track, and then it'll be time for my chocolate shake dinner. Then, I have a very busy evening playing video games. So, you should probably just go now. I don't have any time in my schedule until the 5th of Neveruary. Get lost, Angela and Angela's new friend. You can exit how you entered," he concluded.

He picked up his maple syrup water guns and started shooting the girls as they backed away.

"Okay, okay. You win. We were just trying to visit an old friend, but I guess you really don't want any company. Bye, Pastor," Angela said as she rushed out.

"I've had it with him, Mimi. This isn't the first time I've tried to be his friend and he's reacted this way. Maybe this mission is impossible! Let's try someone else. Pastor is a lost cause."

"Wait, Angela, we can't just leave like this. You and your family have been working on this mission pretty much your whole life. We can't give up yet," Mimi pleaded.

"Well, it's too late now, Māyā. Some people never change," Angela replied with frustration.

As Mimi was racking her brain for ways to make Angela stay, she remembered the wisdom of the River.

"Hey, Angela, I have an idea. Maybe we can try one more thing. Let's sit down, catch our breath, and make this shape with our hands. I call it the Agape Mudra. A friend of mine told me to do it any time I needed to clear my mind and get some guidance."

"Okay, okay, but if this doesn't work, I'm out of here!" replied Angela.

The girls found a patch of grass outside, took a deep breath in, and Māyā showed Angela how to make the Agape Mudra, one step at a time.

"Okay, let's put our thumbs and our index fingers together to make a heart. Then, connect the rest of your fingers to make a pyramid in front of the heart," Māyā instructed her.

Once they closed their eyes and made the powerful sign with their hands, they heard a sound followed by what felt like an unexpected rainstorm. They opened their eyes to discover the sprinklers had turned on. It was so hot outside that they welcomed the water. Plus, it helped them get clean from all the maple syrup on their clothes.

"Listen closely," Māyā said. "Do you hear that sound?"

Angela and Māyā both got super quiet and tuned in to the sound of the water, that was murmuring a special message to the girls.

"Wait . . . is this water . . . talking to us?!" Angela said, totally shocked.

"Yes, it is. I want you to meet the friend I was telling you about, the River. He's the one who helped me create my Magic Starship with my imagination. And he's guiding me to collect the Clavis and find my parents."

The River began to whisper his message to the girls.

"Mimi and Angela, I'm so proud of you girls for coming this far. The mission of Integrity is not an easy one. And Pastor is a very special young boy. You see, when people are mean to you, it usually has nothing to do with you, and everything to do with them. Their meanness comes from pain that they're feeling deep inside.

If someone lies to you, pay attention to the emptiness in their heart.
If someone hurts you, pay attention to the pain they're hiding.
If someone doesn't appreciate you, pay attention to their frustration of not being seen or valued.

Once you notice these things in other people, don't take it personally. Instead, show them love because they're hurting more than you know."

The River continued, "The truth is, Pastor has been really sad. The reason his parents pulled him out of school was because he was being bullied so much. He thinks the only reason kids come to his birthdays is to play with his toys. That they don't care about being his friend since all they do is laugh at him. He started telling lies because he was so desperate to make friends, but that just made people dislike him even more.

His mom and dad tried to make him feel better by buying him all these things to fill his time, but what he really needs is a few good friends—like you both. I know your hearts are overflowing with love. So, give a bit of that love to the people who need it most, like Pastor."

At that moment, the sprinklers turned off, and the girls could see Pastor crying in the driver's seat of his Ferrari.

They ran toward him.

"Hey, what happened? Are you okay?" said Mimi.

"I thought I told you both to get lost!" he said, wiping his nose with his sleeve.

"We know you're going through a hard time right now. The kids at school haven't been very nice to you, have they?" said Angela.

"Fine. I'll tell you, but you have to pinky promise not to tell anyone," Pastor replied.

The girls agreed even though they already knew the story.

Pastor shared how he was being bullied at school and how he's been home by himself for six months because he didn't have any real friends.

"I'd rather be by myself than with people who only care about my stuff, and not about me. Otherwise, they would have come when I called for help, when the foxes took all my precious chickens," Pastor concluded.

"I'm sorry, Pastor. I know it must have been hard. But it's never too late to start over. If you start telling the truth now, you'll regain the town's trust. Then, people will see your true colors. And, if you start sharing the things you have with an open heart, they'll see your kindness, and treat you the same way," Angela said.

"You see Pastor, we can't change our pasts, and we can't control the future. All we have control over is the present moment. So, let's forget the past and focus on the present. Let's make a new intention, and make things better, from this point forward," Māyā added.

"All you have to do is remember the golden rule with everything you do from here on out: Treat people how you want to be treated—and they'll treat you the same way," Angela continued.

ACTIVITY:
Now is your chance to teach Pastor about the importance of honesty. Write about a time in your life when telling the truth was the harder thing to do but you did it anyway. You can also draw a picture that represents the situation.

_____
_____
_____
_____
_____
_____

Pastor finally opened up and replied to the girls.

"Wow, I never thought about it that way. I'm sorry I was so mean to you before. I really do want friends. Friends who appreciate me, for me, and not my stuff. Who love me for my being—not for my doing. I can feel that you two are genuine friends. And I'm so grateful that you came into my life. I promise, from this point forward, to tell the truth and to treat others how I want to be treated."

All of a sudden, Māyā felt a droplet on her shoulder. She looked up and discovered the sky above her was filling with bubbles. They kept multiplying and multiplying. Seamlessly floating, as if carried by a magic wind, all the way from the outskirts of the town in the direction of Pastor's castle on the hill.

The three friends smiled at each other, taking it all in. They noticed thousands of kids frolicking, running after the bubbles that were quickly approaching Pastor's castle.

Pastor bolted out of his room and yelled down the hallway, "Mom! Dad! Is it okay if I have a few friends over?!"

"Sure, honey!" his mom replied.

Pastor yanked the drawbridge lever and ran to the front door of the castle. His heart was overflowing with joy and gratitude, ready to greet his thousands of new friends.

As the kids approached, the three friends watched one of the bubbles get bigger and bigger until it covered the entire sky. Then, in one magical moment, it popped and created a soft mist of glitter that rained down, filling the moat around the drawbridge with waves of sparkles. They raced to the edge of the water, watching it transform before their very eyes. Some of the sparkles began to take shape.

"Wait . . . is that what I think it is?" Mimi exclaimed.

They watched the sparkles manifest into the Magic Clavi. Covered in silver, gold, and rainbow glitter, the Clavi was as big as Mimi's entire hand. It washed up on the shore right in front of her feet and she eagerly picked it up.

Angela yelled excitedly, "Mimi, that's your Clavi! We did it! We reached critical mass! Mission accomplished! This is the moment my parents were telling me about. I always wondered how I'd know, and they told me there would be a sign from the sky. This is it! I can't believe it."

Mimi and Angela were jumping up and down, hugging and high fiving, when the alarm on her magic watch went off.

"Oh shoot! This must mean it's almost time for dinner. And I promised my grandma I'd always be back on time. Gotta run! Thank you for teaming up with me to spread honesty across the planet. I couldn't have gotten my Magic Clavi without you," said Mimi.

"I couldn't have accomplished my mission without you either, Mimi," Angela replied. "Now I really understand what a win-win feels like! We make an amazing team, my friend! I know we'll see each other soon for more adventure! Swing by anytime to visit me and Diablo."

On the horizon, the girls saw El Conejo Bueno and El Diablo running toward the drawbridge.

"Wait, if they're here, who's watching the starship?" Mimi remarked.

"Oh Mimi, there's no need now. Since the whole planet is so honest, nobody would ever steal it. It's safe and sound right where you left it."

El Diablo ran right up to Mimi, and rolled on his back, exposing his belly, waiting for her to pet him.

"Woof woof woooooooof woof woof woof. Woof woof woof. Woof woof!"

Mimi's translator computed:

"You did it. You reeeeeeeally did it! I admit, I had my doubts. But I'm so proud of you. Sorry for peeing on your starship before. You're my shero!"

Mimi gave El Diablo a big hug, while El Conejo Bueno pulled her arm, urging her to get back to the starship.

"Bye everyone!" Mimi yelled as she raced back to the Magic Starship with El Conejo in her arms.

She quickly buckled El Conejo Bueno in and grabbed an orange from her backpack to give her extra energy for the journey back home. She set her love compass to return to the River on Planeta Lili and within seconds they were on their way. They watched the blue and purple lights in the galaxy whizz by. Soon, the starship began its descent to the same bay she left from.

When she frolicked out of the starship, the River congratulated her on receiving her first Clavi.

"Way to go, Mimi, my girl! I always had faith in you. So, you're still thinking about telling your grandma that you're working at Aoife's Galactic Ice Cream Emporium this summer?" the River said.

"No way, after seeing how the power of honesty transformed that entire planet, I don't think I could ever tell a lie again. I'm going to tell my grandma the whole truth, even if she laughs at me and tells me I've been watching too many cartoons."

As Mimi rounded the corner to her house, she could already smell *la sopa de la abuela* being prepared. When she came in, her grandma greeted her with open arms, as she always does.

"*Hola, chiquita,* how was the river? *Lávate las manos,* it's almost time for dinner! Did you grab the moon jelly like I asked you to?"

"Okay grandma, have a seat. I have two very important things to tell you: one, I forgot the moon jelly. And two, I didn't just go to the river. I took a little detour. You see, I was so sad, and the River started talking to me. He said he could help me find my parents. And then there was this Magic Starship that I made with my mind, and he told me I needed to find three Magic . . ."

"Clavis." Her grandma finished Mimi's sentence.

Mimi froze in shock. "Wait! You already know?! And I was over here trying to find the words to explain all this to you. I didn't think you'd even believe me."

"*Tranqui, mijita,* and yes I already knew. The River has been part of our family for generations. He's appeared to everyone in our family and helped them at the times they need it most. I knew your turn was bound to come soon. You see, when I was a little girl just like you, I was deathly afraid of heights. I couldn't get on the glass elevators at the Andromeda Mega Mall. Heck, I couldn't even get on a swing! So, the River gave me something very special to show me I had the power to conquer anything."

Mimi's grandma went to her room, pulled out the bottom drawer of her armoire, and grabbed a long, purple piece of fabric.

"Here, take this, *mijita*. It's the cape the River gave me more than six decades ago. He taught me that with this cape—and my inner strength—I could soar far beyond any of my fears. It's your turn to use it now. You need it now more than ever."

Mimi wrapped her arms around her grandma's waist, hugging her tighter than ever before.

"Okay, now I have something to tell you. Have a seat, Mimi," said Grandma Caridad.

At this point, Mimi noticed that Nando wasn't in the kitchen, when he's usually the first at the dinner table, ready to gobble up all of grandma's yummy cooking.

"Grandma, where's Nando?"

"Well, that's exactly what I wanted to discuss with you. You see, your brother was playing outside, and a tiny worm got into his ear. We heard about these worms on the Lili News. They're very dangerous. Once the worm gets in your body, it messes with your brain, and makes you think you need it in order to function. But in reality, it makes you very sick. It even makes you see things that aren't really there. Some people have recovered from this, but it takes a lot of willpower and self-love to conquer."

Mimi's eyes began to water. She felt all the joy from the day quickly transform into deep sadness.

"This can't be true, Abue. Is he going to be okay? Can I see him?" Mimi pleaded.

"I'm sorry, *mijita,* he has to rest now. Take care of yourself and focus on finding the next two Clavis. I'll stay here with Nando and make sure he gets better."

"Grandma, please. There must be something I can do. I have my Magic Starship. I can go anywhere in the whole galaxy to look for a remedy. Just tell me where to start."

"First things first. *Comete tu sopita y duerme bien.* Tomorrow is a new day. You can go back to the River and ask for guidance on where to find the healing Nando needs."

That night, Mimi laid in bed for hours, unable to fall asleep. All she could do was think of Nando, and how she could help make things better.

She thought to herself, "How could this have happened? Maybe if my parents were here they'd know what to do. Now I have to go find a cure, and I don't even know where to start looking. What if he doesn't make it? Will it be my fault? I really hope the River can help."

As the thoughts raced in her mind, her body finally gave in to exhaustion, and she drifted off into sleep.

Mimi woke up with more energy, and renewed hope. She ran, eager to meet the River and find a cure for her brother.

Her grandma Caridad was waiting at the bottom of the stairs, with her breakfast and Mimi's new cape. She hugged her tight and thanked her. As she unfolded the cape, she noticed that her grandma had embroidered her initials "M.M." on the back, along with a star to remind her of the bright light that's always shining inside her.

"Ahora, es tuyo, cariño. Cuidate.
See you for dinner tonight."

Mimi quickly put on her yellow boots, grabbed her backpack and El Conejo Bueno, and ran to greet the River. As soon as she arrived, she started explaining everything to the River with more urgency than ever. Her words flew out of her mouth at record speed:

"You're never going to believe what happened to Nando. He was playing outside. And there was this worm. And then it got stuck in his ear. And now it's taking over his mind. And now I have to find a cure, since my parents are gone. And I have to do it quickly before he gets . . ."

The River sent a gentle mist down on Mimi in an effort to calm her down.

"Mimi, slow down. I already know what's going on with Nando. And I'm going to help you find a cure. But you'll have to go to the next planet before that happens," the River replied.

"What?! But he needs the cure right now. He's getting worse by the hour. He's been in bed all day, and my grandma won't even let me see him," Mimi said, losing her patience.

"Trust me. You'll understand when you get there. Now, stop wasting time. Your brother needs you," the River replied.

He sent a small stream of water toward Mimi's feet, showing her the path to where her starship was parked.

Chapter 3:
Planeta Self-Love

"*Listo!* Let's do this!" Mimi said as she hopped into the starship, buckled El Conejo Bueno in, and turned the key in the ignition.

She noticed that the River had already programmed her self-love compass for the journey ahead. The latitude and longitude projected on the right of her windshield. It read "432°S, 143°W" along with the name of the planet "Planeta Self-Love."

In one swift motion, the Magic Starship took off across the Andromeda Galaxy. She watched the lights whizz by and held El Conejo Bueno's hand, praying that this journey would help her find the cure for Nando.

They approached a heart-shaped planet in the distance. The starship came to a slow stop, hovering above the ground for a few minutes, before gently landing—as if urging Mimi to proceed with caution and the utmost care.

Sensing this soft, quiet energy, Mimi slowly unbuckled her seatbelt, put El Conejo Bueno in her arms, and gently pulled the lever to open the door and release the slide.

"*Vamos, Conejito. Paso a paso,*" she whispered to her trusty companion.

Mimi and El Conejo landed on soft, pink sand.

"OOOooOOOoh this feels amazing!" El Conejo Bueno blurted out as he began making sand angels.

"Shhh! Listen, buddy, do you hear that?" Mimi asked.

Mimi and El Conejo strained to listen closer. They could hear a cry in the distance. It sounded like a little girl.

"Do you hear that crying sound?" she continued.

Mimi reached into her backpack and grabbed her binoculars. In the distance, tucked behind the countless trees of the lush green forest, she saw a young girl surrounded by a gray orb of light. She appeared to be about five or six years old. She was sitting on a fallen tree branch with her head in her hands.

"That's it! That's where the crying is coming from!" Mimi said as she grabbed El Conejo's hand and raced through the green forest. Something inside her was drawing her toward the girl, urging her to console this little stranger.

As she got closer, the girl spotted her and started running away, as if she didn't want to be found.

"Hey there! My name's Mimi and this is my friend El Conejo Bueno. Are you okay? Do you need help? We heard you crying from way over there."

The young girl didn't answer. Instead she hid even deeper into the woods.

Mimi remembered when she used to try and chase Nando around the house. The more she chased, the more he ran away from her. But, when she slowed down, he'd get bored of running around by himself and come over to her. So, she tried that strategy. She sat down and tried to get the girl's attention in another way.

She started playing with her binoculars and describing all the pretty colors she saw.

"Oooh, when I look through these magic binoculars, I see so many sparkles and glittery colors. It looks soooo cool," Mimi said, trying to get the girl's attention.

The little girl, intrigued by the new toy, began emerging out of the woods and coming closer.

Mimi took note and continued with this newfound strategy.

"And woooow, I'm actually really hungry. Maybe I'll have one of the juicy, ripe oranges from my grandma's garden. I'll just peel it and leave the other half right here on this tree branch in case there's a little girl around here who wants a yummy snack," Māyā continued.

The girl approached Mimi and reached for the other half of the orange. Mimi nodded and smiled, handing her the orange and motioning for her to sit down next to her.

"Here you go. *Aquí está mi media naranja,*" Māyā said.

The little girl took the orange from her hand with a bit of hesitation. Māyā stared intently at the girl's face, recognizing something very familiar in her eyes.

"Why do I feel like I've met you before?" Māyā asked.

"Well Māyā, the reason I look so familiar is because we've already met. You see, I'm you when you were six," the girl responded.

"What do you mean you're me when I was six? How could this be happening?!" Māyā exclaimed in complete disbelief.

Little Mimi began to explain.

"That's right. And as a matter fact, I am what some people call your 'inner child.' I'm the six-year-old self, that carries everything from your subconscious mind. This is the part of your brain that started developing from the moment you were born to right around your seventh birthday.

You see, everything you experience during that time—including what our parents, friends, and others around taught us—will shape who you become for the rest of your life. It will affect the way you see the world, and whether you make decisions from a place of fear or love, from scarcity or abundance."

"Wow, this is like traveling back in time. So, if you are me, why are you crying?" Māyā asked.

"All I've ever wanted was to be surrounded by our parents' love. But they didn't have the time to spend with us, since they were always busy working," Little Mimi explained.

"Our parents taught us that making money was hard. That's part of the reason we struggled so much financially—because of their limiting beliefs around wealth. Remember when Papi was working three jobs when Nando was born, just to put food on the table? They said they were doing it for all of us, so that we could have at least one family vacation a year. But all we really wanted was to spend more quality time with them.

We didn't care about traveling to the Giza planet to see those dumb monuments and sit on the double decker tour bus while the guide babbled on in Sireli about the history of this very important city in the Andromeda Galaxy. We would have traded all those annual vacations for weekly family game nights, or just spending more time throwing the frisbee around with him and Nando by the lake every weekend.

Instead, they spent more time working, and less time with the family. But it's not their fault. That's what they thought was best. Their parents taught them the same thing. Work hard. Make money. Save up for big trips. The kids will remember the big moments. But the truth is, it's the smallest moments that matter most. Our lives are a collection of these small moments."

Māyā listened to the girl, fully understanding what she was saying.

Little Mimi continued, "So, after all this, I thought you would be the one who would give me the love I was lacking from my surroundings. But you did the exact opposite of that! So much negative self-talk about how dumb and incapable I am. Just think of how many times a day you call yourself a dummy, Māyā? Every time you do that to yourself, know that you are doing that to me. You know, every time you said a mean thing to me, I needed to hear three positive things just to feel okay again. That's the way a child's mind works.

This is why I'm hurting. This is why I'm hiding. Because you've been so mean to me your whole life.

When you treat me badly, Māyā, I don't want to be with you. However, when you treat me with love and compassion I can become your best ally and help you achieve anything you want," Little Mimi concluded.

"Wow, I don't know what to say. I'm so, so sorry, Little Mimi. I can't change how I've treated you in the past, but I pinky promise, from this point forward, to always treat you with the love, care, and respect you deserve. I promise to always play with you and never ever forget about you," said Māyā.

ACTIVITY:
Now is your chance to write a letter to your own inner child. Then, draw a picture of you and your inner child together.

Dear _____,

I am sorry for:

_____
_____
_____
_____
_____

I remember when we used to:

_____
_____
_____
_____
_____

I promise from now on we will:

_____
_____
_____
_____
_____

I love you for:

_____

_____

_____

_____

_____

With lots of love,

_____

Māyā continued, "As a matter of fact, I have something I want to share with you. It's Abuelita Caridad's cape. She sewed our initials onto it, and I want you to have a piece of it too."

She held the edge of the cape, and carefully tore a small piece of fabric from it. She grabbed a pen from her backpack and made Little Mimi's cape just like hers. She wrote "M.M." and drew a star around the initials.

While Māyā was tying the new cape around Little Mimi's neck, she noticed more cries in the distance.

"What is that? Are there more kids who need help on this planet?" Māyā asked.

"Yes, as a matter of fact, this entire planet is filled with forgotten inner children. Every adult in the Andromeda Galaxy has neglected them for so many years. So, they come here to hide," replied Little Mimi.

"And the longer the adults ignore them, the deeper they go into the woods—and the harder it is for them to reconnect. That's why a lot of adults view their lives as a struggle. They're disconnected from their inner children. Disconnected from the childlike joy of living in the moment. They've lost the ability to see the awe in everyday moments.

Adults have abandoned the curiosity of learning new things. They take life so seriously. They're stuck on past hurts and future worries—instead of living in the present," she concluded.

"Oh no, that's awful. Is there anything we can do to help them?" Māyā consulted with her wise inner child.

"Well, since you found me, we could devise something to raise the frequency of the planet and help the children connect again with their adults," Little Mimi replied.

"Okay! I've got the perfect plan. My friend the River taught me this powerful sign that I can create with my hands, any time I need extra guidance. He said it would help me focus and access my highest potential—my own internal wisdom. Will you do it with me, Little Mimi?"

Māyā showed her inner child how to create the Agape Mudra, one step at a time. As their fingers interlocked, creating the two hearts, a beam of yellow light surrounded them. This warm yellow glow expanded and elevated above them, filling the whole sky with a soft sunlight. They felt the warmth on their skin, as the glow spread throughout the entire planet.

"Hey, look over there!" Little Mimi exclaimed, as she pointed at a young boy peeking out from behind a tree.

"It's okay, *amiguito,* you can come out now, it's safe," Māyā whispered to the young boy.

He smiled and began to frolic around the lush forest. Little by little, Māyā continued. and her inner child began to hear the cries transform into laughter. All the kids of Planeta Self-Love started coming out of hiding. They began to play, run, and jump with uninhibited joy.

Māyā and Little Mimi hugged and celebrated.

"Thank you so much Māyā. You've transformed this planet by connecting with me, and helped so many lost adults find their inner children. Is there anything I can do to help you now? I know you didn't come to this planet just to find me. What is it that you were looking for?" Little Mimi asked.

"Well, Nando is really sick. He was playing outside and a toxic worm got into his brain and is slowly draining all his energy. The River told me I could find a cure for him on this planet. Is there a place around here we could find some medicine for our brother?" Māyā continued.

"I know just the place!" Little Mimi said excitedly as she grabbed Māyā's hand. "It's just a hop and skip away. I'll show you!"

With childlike joy, they jumped from rock to rock as they found their way to the center of the planet: a pink cave with a large opening, as tall as Little Mimi herself.

"In here," Little Mimi said and she started making her way into the cave.

Māyā stopped in her tracks.

"Wait, it's getting a little dark in here, and if we go deeper, it will get even darker. We don't know what's inside that cave, Little Mimi. Maybe we should turn back. It could be dangerous."

Little Mimi grabbed hold of Māyā's hand and reassured her: "It's okay, Māyā, I know exactly where we're going. Trust me. If we want to find Nando's cure, the only way is to go deep inside. Don't be afraid. Now we are together, and there's nothing we can't accomplish when we're connected."

Māyā knelt down and followed her adventurous inner child without any more hesitation. As they climbed deeper into the cave, they noticed a small yellow glow ahead.

"There it is! Let's go!" Little Mimi yelled with even more excitement.

The two frolicked toward the warm yellow light, hand in hand. As they came closer, they noticed the light was emanating from what appeared to be a human heart covered with gold. It was glowing and pulsating.

DA DUM. DA DUM.

They both heard the heartbeat echoing, resonating throughout the walls of the cave.

"Hey! I remember that from Mrs. Juniper's Bio class! Isn't that what our hearts really look like?" Māyā said. "There are the arteries, and the four chambers—two on the right and two on the left—it's so beautiful how it sends nutrients all throughout our bodies."

"Yes," Little Mimi said. "That's the self-love heart! It reminds us that we have to fully love ourselves before we can love anyone else. We have to fill our cups first, and then give from our overflow. That's what Nando will have to learn so he can heal. You have to remind him how to love himself."

In that moment, Māyā's heart filled with love—love for herself and her inner child and love for her brother. She imagined playing Marco Polo in the river with Nando on hot summer days. They laughed and laughed until the sun set and had to run home before dinner. She longed to do that again. As she imagined that joyful memory, she noticed gold stardust coming from the golden heart. It created a mist inside the cave and gently fell to the floor.

"Look! This is the self-love heartstorm," said Little Mimi. "It only happens when the people around it are overflowing with love. These little specks of gold dust are more powerful than you might think. They have the power to heal by reminding people how to love themselves. I think this is exactly what Nando needs to feel better. All he needs is a few sprinkles in some tea. As he drinks it, the warmth of his own self-love will heal his heart, body, and mind."

Māyā and Little Mimi quickly got on their hands and knees to collect as much of the dust as possible for Nando's healing elixir. Māyā gathered a handful and put it in the zipper compartment of her backpack. Meanwhile, Little Mimi collected her own handful. She extended her open palms out to Māyā, and as if by magic, the small pile of stardust transformed into a golden, shimmering Clavi.

"This is for you, Māyā. You did it! You've earned the self-love Clavi!" Little Mimi exclaimed.

"Wow, I didn't think I would get a Clavi here. The River told me I would find Nando's medicine on this planet, so that's all I could even think about," Māyā responded.

"Well, Māyā, you got this Clavi because you really understood self-love. It comes from deep within, and doesn't require anyone's validation, or anything outside of yourself. You came to this planet to find Nando's medicine, but you realized the medicine to heal can only come from within ourselves. That's why the self-love heart was pumping so hard for you right now—it felt the love you had for yourself and for me, and then from the overflow, there was so much left for Nando and the rest of your family. Now, you will remind Nando of that same love inside himself."

The two hugged tightly and walked back to the starship together. As they approached the starship, Māyā's watch alarm went off, reminding her it was time to come home for dinner.

"Perfect synchronicity! It's almost dinner time!" Māyā said.

"I can't thank you enough, Little Mimi. And I don't want us to be apart ever again. Will you come back to Lili with me?"

"Of course, I thought you'd never ask! From now on, we will always be connected. But you'll be the only one who can see me. All you have to do is think of me, and I'll appear," said Little Mimi excitedly.

Māyā lifted Little Mimi and El Conejo Bueno onto the starship. Letting her inner child take the wheel, she put Little Mimi on her lap and gently placed her hands on the wheel.

"You can steer us home, Little Mimi," Māyā said as she hugged her inner child tightly and wrapped the seatbelt around both of them.

As the starship traversed the galaxy once again, they looked out the window and watched in awe: all of the inner children were flying back to reconnect with their adults. They waved to the smiling kids who were doing somersaults and loop-de-loops with their jet packs. They were so happy and grateful to be reconnected.

Māyā landed the starship and rushed home to give Nando his medicine. She swung the door open and asked her grandma to boil some water as she took the handful of stardust out of her backpack.

"I found this healing stardust for Nando, Abue. I know this will be just the thing to get Nando back on his feet," Māyā told her grandma as she poured the specks of golden dust into the boiling water.

She grabbed a bag of chamomile tea from the tea drawer and dropped it in the cup. Then she opened the freezer door and grabbed a couple ice cubes to drop in the tea. She knows how much Nando hates it when his tea is too hot.

Māyā and her grandma slowly entered Nando's room. He was in bed, under the covers—his face pale as a ghost.

"Nando, it's me, Mimi. I brought you some tea, *hermanito*," Māyā whispered.

"Mimi!" Nando exclaimed, as he coughed and sunk deeper into his bed.

"*No te preocupes,* Nando," continued Māyā. "I know you're hurting, so you don't have to talk. Just listen. This is special tea I found on the self-love planet. It will remind your brain of its ability to heal your body.

The most important thing about healing is not only believing you can get better but also believing in yourself. This is the core of self-love. Trusting yourself and your own ability to accomplish anything you set your mind to.

Remember last year's Build Your Own Boat race? How you were so behind in the beginning, and you weren't sure how to make your sails with the tools you had? You fumbled at first, but then you refocused, and you figured out a creative way to make those sails so aerodynamic that they steered you to the finish line in lightning speed.

You even set the new record for the Indigo Barrio!

Mami, Papi, and I were there to cheer you on, but you figured it all out on your own. Nobody did it for you. This is exactly the same thing. You'll have to use your own internal wisdom to heal yourself."

Māyā pressed a couple buttons on the side of her holographic ring to show Nando the family photo they took on that very day, to bring him back to the moment and channel even more self-love.

Mimi projected it on the wall in front of his bed and continued.

"Nando, here's that epic selfie we took at the end of the race with you holding the Build Your Own Boat trophy. Dad's making his funny face as usual and you are so proud of yourself."

He smiled slightly. Mimi could tell that he was connecting with that moment.

"Now that you are feeling that pride and self-love through this memory, let's use that as fuel to channel those feelings towards your own healing. With each sip, just imagine the worm leaving your brain and your body becoming strong again. As you feel the warmth of the tea moving through you, imagine the neurons in your brain reconnecting again, creating powerful paths of energy that revitalize you."

Nando slowly finished his cup of tea. The color was slowly returning to his face. He started to feel better and gave himself a big hug. In that moment, he was surrounded by an orb of golden light, the same color as the stardust from the self-love heart. Then, the worm popped right out of his ear and disintegrated like magic.

Nando let out a big exhale.

"Mimi! I feel so much better! Thank you, sis! Thank you for reminding me how to connect with my inner power and practice self-love. Now I know that the willingness to heal comes from deep inside," Nando said as he jumped out of bed and hugged her tightly.

Mimi was so happy to see Nando better. That night, Abuelita Caridad made them their favorite chicken noodle *sopita*, and they reconnected as a family once again. Mimi went to bed, overflowing with gratitude and hope for the mission ahead.

Māyā slept so deeply that night that she missed her alarm. It was 12:30 in the afternoon, and she was still in bed.

"*Hooooolaaaa—cómo está mi sueño de árbol?*" Abuelita whispered as she gently knocked on Mimi's bedroom door.

"*Mijita,* I see you snoozed your alarm, but you looked *taaaan preciosa* sleeping that I didn't want to wake you up. Plus, you needed the rest after everything you've been through this week."

She handed Mimi a glass of fresh-squeezed OJ and continued talking while Mimi rubbed her still-sleepy eyes:

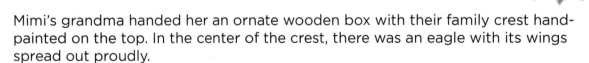

**"Today is a big day, *mija.*
You're getting your third and final
Clavi. You know what that means, right?
You'll get the power to grant any wish
your heart desires!**

So, drink up so you can have lots of energy.
I put your two Clavis in this box for now, so
you can carry it with you safely, and put your
final one with the rest when it's time."

Mimi's grandma handed her an ornate wooden box with their family crest hand-painted on the top. In the center of the crest, there was an eagle with its wings spread out proudly.

"My great-grandmother Maria Antonia gave me this box when I was a little girl. This is where I used to put my favorite rocks I found by the river. Now it's yours to keep. It even has our Mashuk family crest on it. You see the eagle represents overcoming obstacles in your life, and your ability to heal yourself and others. Just like the eagle, we all have the power to rise above any hardships that come our way.

You, *mi Mimi,* come from a long line of healers who were very attuned to this ability. That's why you were able to show your brother self-love so easily. You have that magic inside you," Abuelita Caridad said.

Māyā hugged her grandma tightly and carefully placed the box inside her backpack.

"Wow, I love it! Thank you so much, Abue!" she exclaimed.

She got dressed and tied her cape around her neck. Then, she helped Little Mimi adjust her cape.

"Let's do this, Little Mimi! Just one more Clavi until we get our wish," Māyā said as she took her hand and walked out of the house.

Bye, Abuelita! Bye, Nando! See you at dinner," Māyā yelled as she headed out.

Mimi remembered that she had forgotten something very important. She rushed back, glanced in the mirror, and asked Abuela Caridad for her *bendición.*

"*Dios te bendiga, Mijita y te lleve con bien,*" said Abuela.

When they arrived, the River greeted them with a soft mist that felt almost like a congratulatory hug.

"There you are, Mimi! I'm so glad to see you. I'm so proud of everything you've accomplished so far. I remember when you were sitting on this bay just a few days ago, wondering if you had what it would take to complete this mission. And look at you now, one Clavi away from getting your wish. You've overcome all of your self-doubt!" he exclaimed. "Oh, and I see you made a new friend along the way. Hi, Little Mimi!"

Māyā was caught off guard. She looked at Little Mimi splashing around in the water, and then back at the River.

"Wow, you really are magic,"

Māyā said, in awe of the River as always.

"Wait a minute, I thought I was the only one who could see my inner child," said Māyā.

"Remember, Māyā, I can see all and I know all. I'm here to guide and protect both of you, now that you've connected again," the River replied.

The River continued, "You're both going to need a lot of courage for this trip, so make sure to wear your capes with love and pride. There are things you'll discover that perhaps will make you sad, but just remember that everything happens in divine order.

I also give you my blessing. Go and find that final Clavi. You two are the perfect sheroes for the job—if not you, then who?"

Māyā grabbed Little Mimi's hand, as El Conejo Bueno hopped alongside them. They climbed into the starship and set the navigation to: 528°N, 333°W: Planeta Vida.

As the Magic Starship slowly elevated, the River pushed a long wave of water in their direction.

"May this final journey flow as seamlessly as these waves," the River said as he sent them off.

Chapter 4:
Planeta Vida

As they approached the final planet, all they could see out of the window was a giant forest of countless trees with long branches extending out to every edge of the land. It was the most spectacular forest Māyā had ever seen in the entire Andromeda Galaxy.

"Oh no! I don't see any place to land the starship. It looks like this entire planet is filled with trees," Māyā said in a worried tone.

"Wait, do you see that?" Little Mimi said pointing out the window. "That huge tree in the middle is moving—all by itself! It must be a magic tree! Let's go climb it!"

When they began their descent, the magic tree created a landing pad of leaves for the starship. Little Mimi steered the starship and gracefully parked it on the bed of leaves.

The three hopped off the starship and slid down the leaves onto the ground. They were so curious and excited to explore Planeta Vida.

"I wonder what kind of life-forms are present on this beautiful planet. Do you think it's just trees? Or, are there people who live here, too? And if so, what language do they speak? And what do they look like?" Māyā pondered aloud as they walked through the forest.

"Hey! Look at that!" Little Mimi said as she pointed toward a bright purple light coming out of the rings of a large tree up ahead. They stared at the trunk and looked all the way up the tree and all its branches.

"I'll race you there!" Little Mimi challenged Māyā and El Conejo Bueno. "First one to touch the tree gets one of Abuelita's special dulces after dinner tonight!" She continued, playfully giggling as she got a head start.

The three bolted toward the tree, El Conejo hopping with all his might, but dragging about 20 feet behind Māyā and Little Mimi.

As Māyā ran toward the tree, she spotted an eagle flying in the same direction and landing on a branch at the very top. It looked just like the one from the Clavi box her grandma Caridad gave her; the one from the Mashuk family crest.

"Yipee! I win! I win!" Māyā announced as she tagged the tree seconds before Little Mimi, fully embracing the playful nature of her inner child.

As her hand touched the tree, the leaves began to move side to side, as if waving at the three companions.

"Whoaaaah," Māyā, Little Mimi, and El Conejo Bueno said in unison, their jaws dropping in awe of the magic happening right before their eyes.

The rings of the tree began to shift slowly, creating a pattern that resembled a human face.

"Hey, this tree is changing! It looks like a face. Look! There are the lips, the nose, the eyes, and, wait—what's that above the eyes?" Little Mimi said, examining the tree as it continued to transform.

One by one, three moons took shape above the tree's eyes: the full moon, the waxing moon, and the waning moon. It was just like the phenomenon Abuela Caridad talked about.

"I've seen this before! It's the Phoenix Moon Abue told me about! She said it represents the start of a new cycle. Maybe this is a good sign! The last time this happened was the night before Mami and Papi left. Maybe this means they're here!" Māyā said with hope in her voice.

"*A ver, Māyā. Dejame mirarte bien.* My, how you've grown! I remember when you were still in your mom's belly, before Nando was even a thought in your parents' minds," the tree said, beaming with pride.

"Wait a minute, who are you and how do you know my name? And my brother's for that matter? And how can you even talk? You're a tree!" Māyā exclaimed in total shock.

"Oh, sweetheart, don't be afraid. I'm your great-great-great-great-great-great-Abuelita Delfina. I'm the Tree of Life," the tree continued.

"What do you mean 'Tree of Life'?" Māyā said, still as confused as ever.

"You see, Māyā, I am the matriarch of our family. Without me, none of you kids would have been born. Each of these branches represents a different member of our family. And every leaf of every branch represents a very important memory from his or her life. These memories shaped who they became, and in turn, who you are now.

I am called the Tree of Life because I am the keeper of all our family's DNA, including yours. Your DNA is deeply rooted like each of these branches. It's like a computer code that comes from all your ancestors to create the perfect you. It determines everything from hair color to the way you snort when you laugh. Your existence is a collection of your ancestors' DNA.

So many perfect synchronicities had to happen for you to be here today. Let me show you. Just tap on a leaf and I'll take you to a memory of that special ancestor," the tree continued.

Excited to explore these memories, Māyā touched one of the leaves on the right side of the grandmother tree. Immediately, the leaf released a green light that flew into her head and produced a vivid memory. All of a sudden, she was transported to another time and place altogether.

She saw her great-grandfather Georgie stepping off a boat, in full marine uniform during the Great Galactic War. He and his fellow marines were instructed to find shelter before sundown in the small port they landed in while they received next steps from headquarters.

Georgie split up from his friends and started down the cobblestone streets. He knocked on the door of the first cottage he came across. A young woman resembling Māyā's great-grandmother Zoya answered the door reluctantly.

"May I help you, sir?" she said in an indignant tone.

"Yes, my name is Georgie and I'm a marine fighting to protect the Lili Planet from the North in the Great Galactic War. My ship landed here for a few days and I have nowhere to stay. Would you mind helping a loyal soldier out with a place to sleep and maybe some food?"

Just as Zoya was about to make up a quick excuse and close the door, her mom yelled from the hallway, "Is that a marine I hear? I bet he must be exhausted from fighting the North. Please come in, sir!"

Māyā watched as the two fell in love over the next few weeks as Georgie became a temporary guest in their household. He was so struck by Zoya's classic beauty that he was inspired to draw her portraits, giving her a new one every few days. Before the month had ended, the two were married. They knew it was destiny that had brought them together, and that they were twin flames, finally reunited. When it was time for Georgie to move on, the two newlyweds were distraught, but he reassured Zoya that he would come back for her.

He was away for six long months. When the waters got tumultuous, he would sing to himself:

> *I have faith in you, in you, my love.*
> *That faith has shielded me in this dark night.*
> *I am calm these days.*
> *I know we'll be together again for all eternity.*

The relentless strength of their love did indeed shield him. Māyā watched as the scene transitioned into Georgie knocking on Zoya's door. This time it was to start their new life together. In this moment, she was transported back to the Tree of Life. She opened her eyes with a huge smile.

"That was incredible! I got to see how great-grandma and great-grandpa fell in love!" Māyā blurted out.

"Yes, it really is. Now do you understand why Nando wins the Build Your Own Boat race every year? The sailor skills are in his genes. They were passed down from generation to generation. Anyone in our family can tap into the innate abilities of any of their ancestors. We have the power to connect with the wisdom of our ancestors from seven generations back and pass it down as a legacy to seven generations forward. That's a total of more than 500 people that you are connected to, Mimi.

For example, when you're trying a new activity, you may not be great at it from the beginning. Instead of getting frustrated and giving up, remember that you're never alone. You can always tap into the power and experience of all your ancestors. Even when you think you're alone, know that there are always seven generations of people who love and support you, right beside you," Abuelita Delfina concluded.

"Wow, that makes so much sense! Makes me wonder what else my family was good at, and which of those skills I have inside of me," Māyā pondered.

ACTIVITY:
Now it's your turn to create your family tree. Next to each name, write at least one skill or talent that a particular family member is good at.

"You also have an innate ability to heal; that comes from your great-great-grandmother Martha. Let me take you to a memory of her healing. Touch that leaf right over there," Abuelita Delfina said as she waved the leaf to and fro.

Again, Māyā tapped the leaf, and the green light entered her body. She closed her eyes and saw the most wonderful memory of her great-great-grandma Martha when she was just a little girl, maybe about six years old.

The *primos* were celebrating a *cumple* at the park, riding bikes up and down tall hills as usual. All the adults were eating further away at a picnic table. All of a sudden, Martha's cousin, Dima, lost control of his bike and fell hard to the floor. Martha was the only one who came to his side. He laid on the floor, with his right leg bleeding, trapped underneath his bike. She didn't have any band aids, so she quickly tore a piece of her T-shirt and applied pressure to the wound. Within minutes, the bleeding had stopped. In the coming weeks, his leg was quickly starting to heal thanks to the chamomile tea she was making him that was mixed with other medicinal herbs.

As she was returning from that memory back to the present moment, Abuelita Delfina said, "Māyā, you have the natural ability to heal people. Remember how you instantly chose chamomile for Nando's tea? You can feel the medicinal nature of these plants, and you know this deep in your core because our family of healers has always used plants as medicine. All you need is confidence. And remember, you even have the power to heal more than 500 people: seven generations back and seven generations forward.

I'm telling you this because our family has years of pain that they were never able to cure because they didn't know they had that power inside them. That pain has been passed down from generation to generation. It's something we call generational trauma. But now that you've unlocked your innate power to heal, you can change all that. If you keep connecting with your ancestors, you can teach them to choose love over fear, abundance over scarcity, and light over dark. In return, all the future generations—your kids, your kids' kids, and so on—will be healed from the pain of the past."

Inspired by this newfound knowledge of her natural superpowers, Māyā hugged Abuelita Delfina.

"Thank you, great-great-great-great-great-great-grandma Delfina. You really are great! In fact, you're the best!" Māyā exclaimed.

Delfina extended her branches around Māyā in a warm embrace.

"You know, *mijita,* there's one more ancestor I want you to meet. Take a deep breath, and then go ahead and touch this leaf over here," Delfina said.

She gently shook the leaf closest to Mimi. Māyā extended her hand to touch it with a bit of hesitation.

The leaf emitted a warm yellow glow that started to take shape. It materialized into a tall man. Slowly, his features became more and more clear.

"Papi?" Māyā whispered, her eyes filling with tears. "Is that you? Why do you look like that?"

Māyā extended her hands to touch the transparent figure. Her hands went right through his body.

"Why can't I touch you, Papi?" Māyā said with despair in her voice. Her heart was getting heavier with each passing second.

She tried embracing him yet again to no avail. Her arms went right through, and she hugged herself. An avalanche of tears streamed from her eyes. She knew exactly what this meant. Deep down, she knew the answers to all these questions. She knew the truth of what had happened to her dad. She just didn't want to admit it to herself yet.

"*Hola, mi tesoro precioso,*" said her dad. "*Estoy aquí,* just in a different form than how you last saw me. You see, when your Mami and I were searching for a better place for our family to settle down, I got really sick. There was a virus that was spreading quickly across one of the planets your mom and I were in: Planeta Con Vida.

I couldn't risk giving the virus to your Mami, so I isolated myself with enough food and water to last me for some weeks. I felt so lonely, so I would think of your warm hugs to get me through the long days and nights.

I was so sure I would make it. I kept reassuring your Mami it was only a matter of time until I was back on my feet. *'Solo tres días más, mi amor. No te preocupes,'* I would tell her every few days. Even though I could feel my body getting weaker and weaker, my faith was always strong.

Unfortunately, my physical body wasn't strong enough to fight off the virus, so it transitioned to another realm. *Pero, no llores, mijita,* I will always be with you in spirit. As long as you think of me, I will be alive in your heart. I am one of your guardian angels now.

In fact, *mijita,* there's another guardian angel I've asked to watch over you: Remember my guardian angel, Azrael? The one Mami would always find in the clouds when we would play?"

"Wait Papi, won't you need Azrael to protect you *en el cielo*?" Mimi asked.

"*No, mi vida,* there are lots of angels where I am. I won't need him anymore," he replied.

"But Papi, what am I going to do without you? Without your hugs and cheesy jokes? And does this mean you're going to miss my Science Fair this year? Mrs. V said my project is a shoe-in for first place. I want you to be in the front row when I get it. I want to make you proud, Papi."

"Well, Mimi girl, I'm going to let you in on a little secret," he said. "Sometimes, us guardian angels get special permission to visit our loved ones in the Andromeda Galaxy.

I'll be sure to make it to your Science Fair, and cheer you on from the front row. Just like I'll be there for your graduation, your wedding, and the births of your future children. I'll be with you in the joyful moments and in the ones that make you want to cry. There's just one catch. I can't return in my physical form. Remember those huge yellow butterflies we used to chase around the backyard?"

Mimi nodded her head and smiled.

"I'll come back and visit you as a Yellow Monarch Butterfly. I'll be there for all the big moments, and the little ones too.

I will always be proud of you. I will always be watching, even when you don't see me, just like all your ancestors. We are the leaves of this majestic Tree of Life, and we will always be a part of you."

Mimi looked at her father, longing to embrace him—if only for one last time.

"I know what you're thinking Mimi. I want to hug you too. More than you could ever know. But physical touch isn't the only way you can feel."

At that moment, Mimi felt a warmth that started in her heart and extended out to her toes and fingers.

"*¿Has sentido mi abrazo, mi niña?* I still give the best hugs of anyone in the family—even in spirit form! *¿Qué te parece? Tengo razón, ¿no?*" he said playfully.

Mimi laughed and cried at the same time. Papi has always been famous in the family for his big bear hugs. The fact that she could still feel them filled her with joy and peace.

"*Sí, Papi. Sentí tu abrazo con todo mi corazón,*" she replied.

"Any time you miss me, just know that you can always connect with me and feel my presence. I will always shine my light on you and warm your heart, whenever you need it the most, *mi niña,*" he told her.

"*Tengo un regalito para ti, mi hermoso tesoro,*" he continued.

In that moment, Māyā saw a golden key appear on top of the leaf her dad came from.

"It's my last Clavi! *Gracias, Papi!*" she exclaimed.

While Māyā grabbed the key, Little Mimi climbed onto dad's back.

"Piggy back ride! Piggy back ride!" she demanded playfully.

Dad grabbed Little Mimi's legs and spun like he did when Māyā was little.

"Wheeee! Again! Again! Again!" said Little Mimi, looking at him with her puppy eyes.

"Otra vez, Papi, ¿porfis?" Little Mimi continued pleading.

Papi could never resist those big brown eyes, so he continued spinning her around, while singing the tune from one of his favorite artists, Juan Gabriel. It was the one he always sang to her when she was little.

Es un ángel que ha llegado
Desde el cielo azul
Con la venia del eterno
Para ser la luz
Que ilumine mi sendero
Para ver mejor
Su amor

Māyā's heart filled with joy as she saw her inner child playing with her dad, the way she wished she could again. She understood Little Mimi could touch him, since they were both in the non-physical realm.

"I'm so proud of you for being so brave and getting all the Clavis. Now, let me help you put them all together. As we place the last Clavi in the box, I want you to focus on the one wish that fueled your whole journey—the one you want to come true more than anything in the world," Papi said while gently putting Little Mimi down.

Māyā grabbed the box that her Abuelita Caridad gave her and prepared the key. She could feel her dad's warm yellow light guiding her hand as she placed the last Clavi into the box.

In that moment, the entire tree was surrounded by an orb of yellow light and she heard her mom's lullaby, accompanied by the soft strumming of the Acoustic Gadooli. The leaves gracefully danced to the familiar rhythm.

Mimi looked into the distance and saw her mom walking toward her.

"Mami, is that you?" Māyā said, confused.

Her mom looked much older than the last time they were together. Her hair was almost entirely grey. Behind her, she could see two more figures that she couldn't distinguish just yet.

Her dad interjected to explain. "*A ver, mi niña*, remember how time works differently on each planet? We have been traveling for many years in search of a new home, so your mom has aged, but now that she's here on Planeta Vida, her body will shift to this timeframe. *Mira . . .*"

As her mom got closer to the Tree of Life, she grew younger with each step. She ran toward Mimi and embraced her in a tight hug, just as tight as the night before she left.

"*¡Por fin nos vemos, mi tesorito!* I missed you so much!" her mom exclaimed.

"Mami! I missed you too! I can't wait to tell you about all my adventures," said Mimi.

"Of course, Mimi, I want to hear them all. I want us to sit down and talk for hours and hours to make up for all of these long years I didn't see

you. I know for you, it was only four days, but for me, it was decades. Decades that I couldn't hug you or take care of you and Nando. Decades that I spent crying because I couldn't get back to you two, no matter how much I tried.

As I told you in my note, leaving you both was indeed the hardest thing I've ever had to do. Now, I want to cherish every second even more *y recuperar el tiempo perdido.*

Thank you for everything you've done for our family: For embarking on your journey of self-discovery. For reminding your brother of his own power to heal his body, mind, and spirit. And most importantly, for bringing our *familia* back together. This is exactly what I prayed for every night I was away. And you, *mi ángel,* have answered my prayers."

As Mimi and her mom were embracing in a hug that felt like it lasted for the four decades they had been disconnected, Mimi saw the two other figures approaching the Tree of Life.

It was Nando and Abuelita Caridad. Nando held Abuelita's hand, patiently guiding her as they reunited with the entire family. They all joined together in a group hug as her dad's spiritual body transformed back into the yellow beam of light that flowed into each of their hearts and then flew right back to the leaf it came from.

At that moment, Mimi realized her wish had come true. The whole family was back together again.

"*Listo,* Mimi, now it's finally time for you to return to your home planet. *Vayan con Dios,*" Abuelita Delfina said, extending her branches around the entire family.

She hugged Nando, Abuelita Caridad, Mami, Little Mimi, and even El Conejo Bueno.

Mimi noticed a stream of water coming from Abuelita Delfina's trunk. A few drops tickled her toes, making her giggle.

"River, is that you?" Māyā said.

"Yes, Mimi. It's me," the River answered. "I'm so proud of you for completing your journey. Now, you might think this is the end of your trip. But the truth is, this is just the beginning. With everything you've learned, you will become a very important piece in the evolution of the habitants of your planet Lili.

You will teach them about Integrity like you learned with Pastor.

You will share with them about the importance of connecting with their inner child, like you learned with Little Mimi.

And finally you will help heal the conflict with the North that has been happening for generations, like you learned here at the Tree of Life.

This will be your legacy: bringing abundance, harmony, and joy back to your home planet in a fast, easy, and fun way. Mimi, you are destined to be the Shero of Planet Lili."

"Wait, that sounds like a tall order. How am I supposed to do all that?" Mimi asked the River.

"Well, Mimi, this mission has helped you discover your inner wisdom and unlock your infinite power. Now, you understand that you can do anything you set your mind to, and even help others realize their own power.

Look at everything you've created. You've traveled. You've connected with your inner child. You've brought your family together again—and now you're about to go and heal your home planet.

You were destined for this from the day you were born. In fact, you were named after many powerful women who came before you. And in the ancient language of Sanskrit: your name means 'magic.'

You've always told me that I am magic—but in reality the magic has always been inside you.

So, tell me, Māyā. After everything you've manifested, who do you think is magic now?" he asked.

As the River spoke, Mimi finally realized her limitless potential, and answered with more confidence than ever before:

"I AM MAGIC."

Heroína del Amor

Capítulo 1:
Planeta Lili

La noche anterior, Māyā vio a su mamá mirando por la ventana del departamento. Era una noche cálida de verano y el reloj digital sobre la mesa marcaba la 1:11 am, hora en la que Mimi, cómo la llamaban cariñosamente, ya debería estar dormida.

Las calles que generalmente estaban llenas de gente ocupada con sus vidas apresuradas, estaban casi completamente vacías. Solo había un par de patinetas flotantes pasando por allí.

En el horizonte se veían las montañas, iluminadas por el suave resplandor de las tres lunas: La luna llena, la luna creciente y la luna menguante. Este fenómeno sólo sucedía una vez al año en el planeta Lili De la Galaxia de Andromeda y se llamaba la Luna Fénix. Según Caridad la abuela de Māyā, dicho fenómeno significaba: El comienzo de un nuevo ciclo.

Mientras se acercaba con un poco de vacilación, Mimi notó un destello de tristeza en los ojos de su madre y no entendía lo que estaba pasando. Su mamá ni siquiera dijo una sola palabra sobre lo tarde que era y el hecho de que Māyā no estaba contando ovejas en su cama.

La mamá solo le dio un gran abrazo y la apretó más fuerte y por más tiempo que de costumbre mientras repetía que todo estaría bien.

Māyā se fue a la cama con el corazón pesado.

Al despertar, vio una pequeña nota en su mesita de noche con su chocolate favorito.

Ella pensó: "¡Guau! ¡Nunca recibo chocolates! ¡Debo haberme portado muy bien últimamente!"

Mientras desdoblaba la nota, comenzó a leer un mensaje de su mamá que decía:

Mimi, mi niña, hoy, tu Papi y yo debemos irnos con el alma destrozada en un millón de pedazos. Tenemos que ir en busca de nuevos horizontes y mejores oportunidades para ti y tu hermano.

Como sabes, tu Papi y yo nacimos aquí en Lili, al igual que nuestros padres y sus padres. Este planeta ha sido nuestro hogar durante siglos. Sin embargo, en los últimos años, se ha vuelto cada vez más difícil para nosotros mantener a nuestra familia. Tu padre perdió su trabajo el año pasado en la planta nuclear y no ha podido encontrar trabajo desde entonces. Y la pensión de tu abuela apenas alcanza para poner comida en la mesa.

Debido a la falta de recursos, las calles se han vuelto cada vez más peligrosas. Verás, cuando las personas están desesperadas por alimentar a sus familias, a veces hacen cosas que amenazan la seguridad de los demás. No quiero que tú y Nando crezcan en un mundo como este.

Además, nuestros vecinos del norte se están volviendo cada vez menos amigables y amenazan con apoderarse de esta tierra. Este conflicto intergaláctico va a empeorar antes de poder mejorar, por lo que tu Papi y yo tenemos que apurarnos para encontrar un lugar seguro donde instalarnos.

Ojalá pudiéramos llevarte con nosotros, sin embargo el viaje será duro y peligroso. Y aún no sabemos dónde terminaremos. Solo quiero que sepas que lo estamos haciendo porque los amamos y queremos lo mejor para su futuro.

Y no te preocupes, mija, te dejamos a ti y a Nando con tu abuelita. ¿Quién mejor para cuidarlos que mi propia madre? Ella es la única persona a la que podría confiarle mis preciosos tesoros.

Tu Papi y yo prometemos que volveremos a buscarlos tan pronto como encontremos un lugar seguro para establecernos. Entonces, volveremos a ser una familia feliz y unida.

Māyā lloró y lloró.

Estaba tan triste y sentía su corazón roto, a pesar de que no sabía cómo se sentía tener el corazón roto ya que nunca antes había experimentado ese sentimiento. Lo único que entendía era que todo le dolía, hasta el alma.

Mimi abrazó a su hermano pequeño y juntos fueron donde su abuelita Caridad en busca del consuelo y el amor que tanto necesitaban; contando con la fortuna de que esta los estaba esperando con los brazos abiertos y su desayuno favorito: panqueques con muchas chispas de chocolate.

En ese momento, al ver su enorme tristeza les dijo que todo estaría bien y que ella permanecería allí para ellos sin importar lo que ocurriera.

A partir de ese día, Māyā cambió para siempre.

Se negaba a aceptar que sus padres se habían ido y que no volverían en mucho tiempo, o peor aún, nunca volverían. Entonces, comenzó a idear un plan de búsqueda para encontrarlos, sin importar lo que tuviera que hacer. Después de todo, tenía todo el tiempo del mundo durante estas solitarias vacaciones de verano.

Sacó su cuaderno argollado violeta de SuperGirl y empezó a anotar los 10 elementos esenciales que necesitaba para el viaje:

1 - Traer muchas naranjas. La vitamina C es importante cuando viajas a planetas lejanos, según mi abuela.

2 - Los binoculares de mi juego de Adventure Girl que obtuve la Navidad pasada. A veces, cuando miro a través de ellos y me concentro mucho, veo muchos colores. No estoy muy segura de dónde vienen esos colores, sin embargo son fascinantes.

3 - El suéter que me tejió mi mamá. Me dijo que me lo pusiera cada vez que necesitara un abrazo extra grande.

4 - Mis botas amarillas de goma todoterreno. Las uso cada vez que voy al río. Son muy útiles para las peleas de agua con mi hermano Nando. También las uso cuando vamos a la montaña para nuestras exploraciones y aventuras épicas con mi familia. Una vez encontramos una serpiente en el camino, Me sentí muy segura con mis botas altas y resistentes!

5 - Un traductor digital. Mi maestra, la Sra. Vega, me lo regaló porque obtuve una A + en Serelli (el idioma del Planeta Siru). Soy muy buena aprendiendo nuevos idiomas. Estoy segura de que será muy útil cuando le deba preguntar a las personas si han visto a mis padres.

6 - Una foto holográfica de mis padres, que se transmite desde el anillo de fotos digitales que mi papi me regaló para mi décimo cumpleaños. Este es uno de mis favoritos. Mi papá tiene a mi mamá sobre sus hombros mientras ella alcanza una naranja de nuestro árbol en el patio trasero.

7 - Mi brújula del amor. Siempre brilla más resplandeciente cuanto más cerca estoy de mis padres.

8 - Un reloj mágico con cada zona horaria para cada galaxia, tiene tonos personalizados y alarmas para cada hora.

9 - Transpor...

"¡Oh nooo!" Mimi se dijo a sí misma. "¿Cómo se supone que me voy a transportar? ¿Cómo voy a salir de este planeta sin un jetpack, o incluso una patineta voladora?

Okay, llamando ideas, llamando ideas, llamando ideas . . .

Quizás podría poner una tienda de limonadas . . . ¡No, mejor borro eso! ¿Cuántas limonadas necesitaría vender para comprar una patineta voladora, al menos 50.000? Agh . . .

¿Qué tal si rompo mi alcancía? ¡Sí, eso voy a hacer!"

Se escucha el sonido al romper su alcancía . . .

"Uno, dos . . . 25 pranas, esto no me llevará muy lejos . . .

Okay, ¿qué tal . . . ? Mejor me detengo, todas estas ideas son simplemente estúpidas . . . "

Māyā se puso a llorar de nuevo, ahora no solo estaba triste, también estaba enojada y frustrada.

"¿Cómo pude pensar que esta misión sería tan fácil? ¿Que encontrar a mis padres podría resolverse con un par de naranjas y unas estúpidas botas amarillas? ¡Soy tan tonta! Mis padres están arriesgando sus vidas para encontrar un lugar mejor para nosotros poder vivir. Tal vez debería quedarme callada, ocuparme de mis propios asuntos y concentrarme en mis tareas.

Además, podría ser peligroso. Tampoco quiero preocupar a mi abuela si desaparezco. ¿Y qué hará Nando sin mis abrazos o bromas cursis? Sí, tal vez fue una idea tonta.

Yo solo soy una niña y la galaxia es tan enorme. ¿Cómo pensé que podría encontrar a mis padres? Es como buscar una pequeña partícula brillante en un montón de hojas otoñales".

Māyā volvió a caer en una profunda tristeza.

El sueño de ver a sus padres era aún más lejano que antes.

Tomó sus botas amarillas y su mochila con todo lo que había empacado dentro y decidió ir a dar un paseo por El Río.

Mientras se abrochaba las botas y la chaqueta, Nando la tomó de la manga y empezó a jalarla.

"Hermana, ¿puedo ir? ¿Puedo ir? ¿A dónde vas? ¡¿Puedo ir?!" Exclamó Nando.

Ella le dio un gran abrazo y un beso en la frente.

"Lo siento pequeño, tengo que salir a caminar yo sola. No tardaré. Nos vemos antes del atardecer, te lo prometo", dijo Mimi.

La abuela Caridad miraba desde lejos mientras Māyā salía por la puerta. Ella podía sentir que Mimi estaba triste, sin embargo, no sabía de qué otra manera consolarla.

"¡Volveré antes de la cena, abuelita! ¡Te amo!"

Māyā arrancó la lista incompleta de su cuaderno y se dirigió hacia la puerta.

Mientras caminaba hacia El Río, lentamente arrugó la lista volviéndola una gran bola.

Los mismos pensamientos seguían dando vueltas en su mente. Una y otra vez.

Al tiempo que caminaba, pateaba las rocas a su paso sin poder comprender esa montaña rusa de emociones que le transmitían tristeza, ira, frustración y tristeza nuevamente.

Las lágrimas corrían por su rostro mientras trataba desesperadamente de darle sentido a todo.

Cuando finalmente llegó al río, cansada y sudorosa por el viaje, se quitó la chaqueta, la usó para secarse las lágrimas y la puso en el suelo a modo de manta para sentarse.

Se quedó mirando El Río que fluía y se dio cuenta de que había una belleza en él, que nunca había notado, hasta ahora.

Puesto que, parecía como si hubieran diamantes brillantes fluyendo río abajo. Todo esto, fue mágico.

En ese momento, sintió el llamado a acercarse y tocar el agua.

Mientras se mojaba las yemas de los dedos, creaba corrientes de colores luminiscentes.

      "Guau", se susurró a sí misma.

Sintió una conexión con El Río mientras escuchaba más de cerca el agua que fluía. De repente, oyó un murmullo que sonaba casi como el lenguaje nativo del planeta.

Escuchó aún más de cerca y se dio cuenta de que el agua le estaba dando un mensaje secreto. Uno que solo ella podía oír.

      "Puedo sentir tu tristeza, Māyā", susurró El Río.

Māyā se sorprendió y retrocedió unos pasos. Por un segundo, pensó en huir.

El Río, sintiendo su vacilación, volvió a hablar suavemente. "No te preocupes, Mimi, estoy aquí para guiarte".

      Māyā respondió con incredulidad: "Espera, ¿cómo sabes cómo me llamaban mis padres cuando era pequeña?"

El Río dijo: "Bueno, Mimi, he estado aquí tanto tiempo como el que tú llevas de vida, y durante millones de años, en los cuales he podido verlo todo y oírlo todo.

He sido parte de tu familia durante siglos.

Recuerdas el verano cuando tú y Nando saltaron al agua desde aquel columpio de llanta que construyó tu papá? Bueno, yo estaba allí para atraparte.

¿Y conoces la carrera anual de "Arma tu Propio Bote" que organiza tu barrio? Bueno, yo he ayudado a guiar a los niños en sus botes, año tras año".

"Oh guau . . . *eres magia*", ella respondió.

"Sé que extrañas a tus padres, Mimi. Y puedo ayudarte a encontrarlos", El Río continuó.

"Espera, ¿sabes dónde están?", Māyā respondió con entusiasmo.

"Bueno, no exactamente, sin embargo puedo ayudarte en el proceso. Cuenta la leyenda que quien recolecta los tres Clavis Mágicos, que son unas llaves preciadas que están escondidas en planetas de la Galaxia de Andrómeda, podrá abrir un portal con el poder de hacer realidad cualquier sueño", dijo El Río.

Los ojos de Māyā estaban más abiertos que cuando recibió su unicornio volador robótico de regalo cuando cumplió cinco años.

Luchando entre el miedo y la emoción, Māyā se llevó las manos a la cabeza diciendo:

"Amo a mis padres y *realmente* quiero verlos, sin embargo, ¿Ahora me estás diciendo que tengo que ir a *tres* planetas? ¿Cómo es posible eso cuando ni siquiera he salido del Barrio Índigo? Eso es muy lo—"

"Mi—", El Río trató de intervenir.

"¡Loco! ¡Solo tengo 12 años! ¿Todavía no tengo mi licencia de patineta voladora? De hecho, ni siquiera tengo una patineta voladora. No tengo forma de llego—"

"Mimi . . . ", El Río intentó de nuevo.

"Llegar a ningún lado! Además, ¿Te imaginas yo en medio de la galaxia—sola? ¡Las noticias de Lili hablan de personas que desaparecen todo el tiempo! ¡Y no puedo simplemente desaparecer! A mi abuela le daría un infarto si no estuviera en casa antes de la cena cada no—"

"!Māyā!"El Río exclamó mientras le salpicaba la cara con un poco de agua.

Conmocionada por las inesperadas gotas, la mente de Māyā dejó de correr.

"Solo escucha", El Río comenzó de nuevo. "Se llama miedo y es normal, ya que, este es nuestro amigo e intenta salvarnos cuando cree que podemos estar en peligro.

¿Recuerdas esa vez que estabas trepando por ese árbol super alto, y las ramas comenzaron a temblar más y más a medida que subías?, el miedo te estaba diciendo que empezaras a bajar, porque el árbol ya no podía sostenerte. El miedo estaba tratando de salvar tu vida.

El miedo estaba tratando de salvar tu vida.

Es hermoso que tu amigo El Miedo esté tratando de salvarte en este momento. Sin embargo, ¿adivina qué? Estás segura y no necesitas ser salvada. Por eso estoy aquí, guiándote. No vas a estar sola en tu viaje.

El miedo tiene un hermoso poder. Es la capacidad de transformarse instantáneamente en amor. Porque como ves, él te quiere tanto, que no quiere que te pase nada malo.

Entonces, ahora mismo, quiero que le digas a tu miedo: está bien, sé que estoy a salvo, ya puedes transformarte en amor.

Canta esta canción conmigo, calmemos juntos tu miedo y ayudemos a que se convierta en amor."

Miedo, miedo, vuela lejos.
No hay peligro en mi sendero.
Estoy a salvo, todo es mejor.
Ahora puedes ser solo amor.

Māyā comenzó a cantar suavemente la melodía, mientras El Río la animaba a levantar la voz.

"¡Más fuerte, Māyā, para que las montañas también puedan escucharte!", El Río exclamó.

Māyā comenzó a cantar con más confianza que nunca.

Miedo, miedo, vuela lejos.
No hay peligro en mi sendero.
Estoy a salvo, todo es mejor.
Ahora puedes ser solo amor.

Mientras ella cantaba, el miedo desapareció de su cuerpo y ella se llenó del calor del amor.

Con nueva confianza en su ser, aceptó la misión de El Río de encontrar los tres Clavis Mágicos que la ayudarían a volver a ver a sus padres.

El Río continuó lentamente. Entiendo que no tienes una patineta voladora o una nave para ir a los tres planetas y tampoco quieres preocupar a tu abuela o Nando estando fuera por mucho tiempo durante tu misión.

Por suerte para ti, ya he pensado en una solución, aunque tenemos que trabajar juntos para darle vida. Te voy a mostrar algo muy especial y secreto; es un símbolo ancestral que puedes hacer con tus manos y dedos.

Primero, junta los pulgares y los dedos índices para formar un corazón. Luego, conecta el resto de tus dedos para hacer una pirámide frente al corazón.

Lo llamamos el *Mudra de Ágape*. Un mudra es una posición que haces con tus manos para invocar un poder específico y 'ágape' significa amor—el tipo de amor que puede transformarte. Esta es precisamente la fuerza que te impulsará a través de este viaje.

Todas las mañanas, justo al amanecer, te sentarás a mi lado, como estás ahora, y harás el mudra con tus manos. Esto aclarará tu mente por completo, permitiendo que tu imaginación fluya y tu creatividad florezca. Una vez que tu mente esté tranquila, comenzarás a imaginar tu dispositivo de transporte. La nave que te llevará de un planeta a otro en tu búsqueda para encontrar los Tres Clavis Mágicos.

Aunque, no quiero influir en tu imaginación de ninguna manera. Este dispositivo depende totalmente de ti. No tiene que ser un barco, una bicicleta o una patineta voladora. Puede ser cualquier cosa que ya exista, o algo que el mundo nunca haya visto. Con mis poderes mágicos y tu imaginación infinita, podemos crear literalmente cualquier cosa que te propongas.

Ah, y antes de que lo olvide, hay otra noticia mágica sobre el tiempo. Como te dije, vendrás aquí todas las mañanas antes del amanecer para verme. Te irás desde esta bahía y viajarás a un planeta nuevo todos los días. *Aunque*, siempre volverás antes de la cena, no importa cuánto tiempo *creas* que pasaste en cada planeta que visitaste. Verás, el tiempo no funciona de la misma manera en otros planetas que aquí en Lili.

Por ejemplo: Mientras que en un planeta puedes sentir que sólo estuviste durante 10 minutos, al regresar será el atardecer y deberás ir a casa. Por el contrario, habrá otros en los cuales puedes sentir que estuviste allí durante todo de un año, ¡Claro está!, No debes preocuparte, puesto que, siempre regresarás a tu hogar antes de la cena". El Río explicó.

Luchando por encontrar palabras para reaccionar a todo este nuevo conocimiento mágico de El Río, Māyā se quedó casi sin aliento. El Río notó su sorpresa, ya que, sus ojos estaban más abiertos de lo que jamás los había visto.

"Mimi, sé que esto es mucho para asimilar. Sin embargo, este es el comienzo de algo hermoso. De hecho, experimentarás mucho crecimiento con cada nuevo desafío.

Harás amigos y verás lugares que ni siquiera sabías que existían. Sé que da miedo, sin embargo, si alguna vez te sientes abrumada, siempre puedes aquietar tu mente usando tu Mudra de Ágape e imaginarme a tu lado. Entonces, me aseguraré de susurrar la guía que necesitas en ese mismo momento. Todo lo que tienes que hacer es confiar".

Māyā exhaló con fuerza, como si le hubieran quitado un gran peso de encima. Se sintió instantáneamente a gusto sabiendo que El Río estaría allí si lo necesitaba.

"Bueno, Māyā, creo que estás lista. Trabajemos juntos para crear el dispositivo de transporte que te llevará de de A a B, luego de A a X y finalmente de A a Z incluyendo el camino de regreso a casa. Comencemos por cerrar los ojos", dijo El Río en un tono suave y gentil.

Cuando Māyā cerró los ojos, un millón de pensamientos la inundaron.

"Dios mío, ¿qué hora es? ¡Creo que está oscureciendo!. Probablemente mi abuela se esté volviendo loca en este momento. Creo que está preparando la cena y espera, ¿no me necesitaba para comprar jalea de luna en el mercado de la esquina? ¡Oh no!, me va a matar si olvido el ingrediente principal de nuestra receta familiar especial.

¿Y Nando? Lo más probable es que me molestará todos los días, como siempre lo hace: '¿A dónde vas, Mimi? ¿Puedo ir? ¿Puedo ir? ¿Puedo ir?'

¡¿Qué le voy a decir?! ¿Que simplemente estoy pasando el rato con un río que habla y que me dice que puedo hacer cosas con mi *mente*? ¿Cómo se supone que voy a decirle que tendrá las vacaciones de verano más solitarias de su vida, ya que, nuestros padres no están—y que yo tampoco voy a estar con él?

¡Ya sé!, mejor les diré que conseguí un trabajo de verano en el Emporio de Helados Galácticos de Aoife. ¡En aquel lugar tienen los mejores granizados de hidrógeno! ¡Sí! ¡Eso es lo que haré!", concluyó Māyā.

El Río notó todos estos pensamientos que giraban en la mente de Mimi.

Para no asustarla, lentamente mandó un poco de agua a los pies de ella para llamar su atención.

SWISHHH, SWISHHH

Mimi abrió los ojos, sintiéndose un poco culpable por no poder concentrarse y aquietar su mente.

"¿Poner tu mente en blanco no es tan fácil como parece verdad?", preguntó el Río.

"Por eso, cuando cierres tus ojos, recuerda usar siempre el Mudra y al momento de hacerlo con tus manos, tu cuerpo le dirá a tu mente que es hora de concentrase.

Mimi escuchó y volvió a intentarlo, ahora con su mudra.

Inmediatamente, como si entrara en un vacío, todos los pensamientos desaparecieron instantáneamente. Y su mente estaba abierta y clara para comenzar a crear.

"Mimi, Ahora que tu mente está clara y la creatividad fluye, simplemente expresa tus ideas para que comiencen a materializarse y construye tu dispositivo de transporte en voz alta una pieza a la vez", puntualizó el río.

Una poderosa visión vino a la mente de Māyā. Fluyó sin problemas, como si una musa estuviera susurrándole al oído.

"Okay. ¡Aquí vamos!" se dijo a sí misma.

Ella empezó a decir cada pieza en voz alta y al nombrarla, la traía a la existencia:

"Empecemos de afuera hacia adentro. Mi dispositivo de transporte tiene que mantenerme a salvo. Entonces, lo primero que manifestaré es una estrella púrpura brillante. Para ello, cada una de las sies puntas tendrá sies pies de alto, sies pies de ancho y 6 pies de profundidad.

Me encantan estos números porque me recuerdan al carbono: tiene sies electrones, sies protones y sies neutrones y este es uno de los ingredientes principales del polvo de estrellas!

Mi profesora de Física Cuántica, la Sra. Vega, dice que el carbono es uno de los elementos más abundantes del universo y sin él, ¡el universo ni siquiera existiría!.

También, nos enseñó que al carbono le encanta unirse a otros átomos. Tal vez, eso me ayude a redescubrir mi vínculo con mis padres. Será lo suficientemente grande para que yo quepa cómodamente dentro—¡y con espacio extra para traer cositas para comer!.

¡Ooooh, puedo conseguir algunos paquetes de las gomitas de Dragones atómicos que Nando ama tanto! Me acordarán de él cuando esté lejos".

Mientras Māyā estaba terminando su visión, El Río comenzó a abrirse para dar paso a su hermosa creación.

Māyā empezó a abrir lentamente los ojos, debido a que, no estaba segura de hacerlo antes de que todo estuviera terminado.

"Está bien, Mimi, puedes echar un vistazo", dijo El Río en broma. "Le iremos dando vida a tu dispositivo de transporte una pieza a la vez, tal como lo hablamos".

Cuando Māyā abrió los ojos, vio los diamantes bioluminiscentes del Río que se elevaban sobre el agua para formar exactamente la creación que había imaginado segundos atrás.

El Río luego reveló la estrella tridimensional más grande que Māyā había visto.

"¡Wooooow, realmente eres magia!", dijo ella. "Ahora—¿cómo se moverá esta cosa descomunal de planeta en planeta?", preguntó Māyā.

El Río continuó guiándola, "recuerda, cada vez que quieras crear, solo cierra los ojos, aclara tu mente y haz tu Mudra de Ágape".

Māyā escuchó y rápidamente cerró los ojos y juntó las manos. Pudo aclarar su mente más rápido que nunca.

Se enorgulleció al ver que ya estaba dominando esta técnica y estaba emocionada para seguir creando todas las asombrosas maravillas que estaban en su imaginación.

Māyā sintió una ráfaga de viento, como si un pájaro hubiese pasado volando junto a su cara.

Su mente inmediatamente corrió hacia una de sus aves favoritas en todo el mundo mundial. La mascota de su abuela Caridad, el Señor Búho.

Mimi veía al búho todas las mañanas mientras desayunaba con su abuela. Casi podía oler el increíble aroma del café con leche.

Siempre se imaginaba lo que se sentiría al poder volar con las mismas alas enormes que tenía el señor Búho.

Así que decidió darle a su estrella las alas de un búho.

"Quizás el Señor Búho le dé a mi Estrella Mágica Voladora sabiduría adicional para guiarme a través de los tres planetas", pensaba dentro de sí.

"¡OOoooooOOOoh, me encanta el nombre de Estrella Mágica Voladora! Es mucho mejor que llamarla un 'dispositivo de transporte'", se dijo a sí misma en un tono formal así cómo le decía El Río.

Con voz audaz, Mimi declaró, "¡Vuela, Estrella Mágica! Y agreguemos unas alas de búho gigantes por si las moscas".

Abrió los ojos, sintiendo la emoción y la anticipación de una típica mañana de Navidad en casa. Apostando carreras con Nando por las escaleras para ser la primera en desenvolver los regalos debajo del árbol.

Mimi, sintió otra ráfaga de viento cuando las alas se unieron sin problemas a los lados de la estrella brillante y de nuevo cerró sus ojos para continuar con su creación.

"Ahora . . . vamos por el interior. La cabina del capitán. Quiero que sea cómoda, funcional y deliciosa. ¡Crearé los asientos con malvaviscos! Claro . . . de modo, que si en algún momento me quedo sin algo para comer, puedo comer un pedacito de los asientos. Soy excelente para idear planes B".

Cuando Mimi abrió los ojos para comprobar su trabajo creativo, pudo ver la cabina *a través* de la Estrella Mágica Voladora.

"Whooooah, ¿acabo de tener visión de rayos X? ¡Esto es genial!"

El Río respondió: "Por supuesto, Mimi, no hay superpoder que esté fuera de tu alcance cuando realmente te lo propones. ¡Tu potencial es tan ilimitado como la propia Galaxia de Andrómeda!"

ACTIVIDAD:
Finalmente, Mimi agregó la característica más sorprendente de todas a su Estrella Mágica Voladora. Cerró los ojos y se la imaginó en todo su esplendor:
(Psst. . . ¡es tu oportunidad de escribir y dibujar esta parte tú mism@! ¿Qué agregarías si estuvieras en los zapatos de Mimi en este momento?)

_____
_____
_____
_____
_____
_____

"¿Quieres entrar a la Estrella Mágica Voladora y mirar a tu alrededor?" indagó El Río.

Māyā se levantó de un salto y entró por el camino que El Río había abierto para ella.

El resplandor de la cabina de la Estrella Mágica Voladora era impresionante. Habían destellos brillantes en el aire, incluso una hielera con muchas botellas de su leche con chocolate preferida de Rocky Road, ¡Un excelente combustible para el viaje!.

Mimi, se acercó a la cabina y descubrió a un pasajero inesperado esperándola y en ese momento preguntó con mucha emoción: ¿Conejo Bueno eres tú? A lo cuál este respondió: "¡Hola, Mimi!, soy yo, espero que no te moleste. Me colé en tu mochila cuando me enteré de tu plan para encontrar a tus padres. ¡Soy un gran copiloto!. ¿Me puedo quedar? ¿Porfis?, le dijo el conejo

Aunque El Conejo Bueno era famoso por dar malos consejos, Māyā pensó que sería bueno tener la compañía.

　　　"Está bien, ¿por qué no? ¡Hagámoslo! Abróchate el cinturón, Conejito. ¡Esta será la aventura más épica que hemos tenido hasta ahora!", exclamó Mimi.

Mientras Mimi se acomodaba en el asiento del conductor, se dio cuenta de algo importante sobre la Estrella Mágica Voladora.

"Oh oh . . . ,¡Esta estrella es manual! Apenas

El Conejo Bueno es un compañero que irónicamente le da malos consejos a Mimi ya que es juguetonamente travieso. Aunque tiene un buen corazón y quiere lo mejor para ella, tiene la tendencia a meterla en problemas, como la vez que le dijo que se escapara de la casa después de la hora de dormir para comprar chicles en la esquina de la calle Loola.

sé conducir en automático. Mi papá una vez me dejó sentarme en sus piernas y conducir nuestro auto volador en el estacionamiento de la tienda. Sin embargo, eso es todo lo que sé hacer", continuó nerviosa.

"No te preocupes Mimi. Solo confía en ti. Sabes más de lo que crees", le dijo el Río aconsejándola.

"¡Tienes razón! ¡Aprendo rápido! ¡Yo puedo!", Mimi dijo con nueva confianza en sí misma.

Puso la llave que tenía la forma de un chupete en el arranque y la giró rápidamente. Esta llave tenía un diseño en espiral con colores azules profundos y rojo vibrante. De hecho, tenía todos los colores de la Galaxia de Andrómeda.

El motor se puso en marcha, aunque luego se apagó de inmediato.

Mimi quería golpearse la cabeza contra el volante de la frustración que sentía.

"¡¿Que pasa?! ¡Esta Estrella Mágica Voladora está mala!", gritó Mimi.

A lo cual el Río respondió: "Mimi, no está averiada, simplemente olvidaste una cosa muy importante. El combustible. ¿Cómo crees que funcionará? Preguntó en ese momento.

Sin siquiera pensarlo, Mimi respondió: "Con amor.

Sí, el amor que siento por mis padres impulsará mi viaje y guiará mi camino".

Mimi cerró los ojos e imaginó su momento favorito con sus padres. Y recordó aquella vez cuando hicieron un largo viaje por carretera en el auto volador de la familia por la Autopista Pacífica de Lili. Cantaron carreoke (como a su papá le gustaba llamarlo, sólo uno de sus millones de chistes cursis) y se rieron mucho. Después de cinco horas de juegos y cantos, el auto estaba completamente en silencio. Mimi observaba a su mamá y papá tomados de la mano en los asientos del frente, y estaba totalmente en paz mientras miraba por la ventana con asombro, veía el océano y el sol en el atardecer que bajaba lentamente sobre las infinitas olas azules. Nando, estaba profundamente dormido en su hombro, roncando silenciosamente, como suele hacer.

Sentía tanta abundancia de amor y gratitud fluyendo por su cuerpo.

Mimi sonrió, puso la llave en el encendido de la Estrella Voladora y escuchó el motor arrancar.

Sin embargo, en lugar del sonido acelerado del motor de una patineta voladora, lo que escuchó fue la melodía de una canción de cuna que su madre solía cantarle mientras le tocaba notas del Gadooli acústico que le heredó su tatarabuela y la mecía para dormir.

> *Duerme, duerme, Mimi mi niña,*
> *Que las lunas nos iluminan,*
> *Siempre juntas de corazón,*
> *No importa donde esté yo.*

Justo cuando Mimi estaba a punto de presionar el acelerador, El Río la interrumpió con urgencia.

"¡Mimi! ¡Espera! ¿Sabes siquiera a dónde vas?", Le preguntó.

"Noooo" respondió ella, "No obstante, supongo que la Estrella Mágica Voladora sí".

"Bueno, mi niña Mimi, esa no es realmente la forma en que funciona la vida", le dijo El Río.

"Verás, siempre debes tener una intención clara de hacia dónde vas antes de pisar el acelerador en cualquier cosa que hagas en la vida. Si no vives tu vida por diseño propio, entonces estarás viviendo una vida determinada por otros o, peor aún, ¡en piloto automático!

Así que para empezar a diseñar tu vuelo y tu vida, primero necesitas tener claridad sobre a dónde quieres ir y por qué, y luego, ¡todas las fuerzas en la Galaxia de

Andrómeda conspirarán para ayudarte a llegar allí!"

"Hmm, en realidad no tengo idea de dónde debería ser mi primera parada". Dijo Mimi "La galaxia es tan enorme. ¿Cómo se supone que voy a saber dónde está escondido el primer Clavi?", preguntó Māyā.

"Mimi, siempre hay señales a tu alrededor". Le respondió El Río. "Ellas te guiarán en la dirección correcta. Sólo tienes que estar presente, conectarte con tu corazón y tener la mente abierta para poder verlas. Empecemos cerrando los ojos", dijo El Río.

Mimi cerró los ojos con un poco de temor, sin saber qué pretendía El Río con su extraña sugerencia.

"Bien, ahora piensa en el último recuerdo que tuviste con tus padres, cuando estaban todos juntos como familia. Recuerdas un momento específico en el que sentiste muchísimo amor y una conexión ilimitada?", la cuestionó El Río.

Mimi escuchó y comenzó a visualizar el viaje más asombroso al Emporio de Helados de Aoife. Las imágenes comenzaron a fluir en su cabeza mientras sentimientos de mucha alegría y emoción llenaron su cuerpo.

¡Era casi como si estuviera viviendo ese momento de nuevo!

Recordó haber apostado carreras con Nando hacia la puerta principal de la entrada para estar al frente de la fila y pedir su helado antes que él.

Corrieron a través de suaves nubes de nitrógeno y olieron dulces malvaviscos mientras recorrían la tienda y llegaban a la fila. Nando casi choca con una señora de tanta emoción.

Papi le dio una mirada severa para que se calmara y Mami susurró en voz alta, "Niños, paren, recuerden, ¡estamos en un lugar público! ¡Esto no es un patio de recreo!"

Nando respondió, "pero Mami, se siente como un patio de recreo con todas estas nubes de nitrógeno y dulces deliciosos".

Cuando finalmente fue su turno de ordenar, Mimi supo exactamente lo que quería. Lo de siempre: ¡Helado azul con estrella supersónica encima! El ingrediente secreto: Chispitas azules. ¡Se derriten en tu boca en 0.333 segundos!

Nando también pidió lo de siempre. El Bonanza de Brownie de chocolate con chocolate galáctico cubierto de crema batida de chocolate. Claramente a Nando le encanta el chocolate.

Mami y Papi también pidieron lo habitual: dos conos de vainilla. Son un poco aburridos.

Todos se sentaron afuera en la mantita de color arcoíris, tomando el sol de verano. Nando y Mimi terminaron su helado en un tiempo récord, y luego se acostaron, llenos y felices. "Barriga llena, corazón contento" como siempre dice Abuelita Caridad.

Observaron las nubes durante horas. Jugaron uno de sus juegos familiares favoritos: ¡Nombra Esa Nube! Mami cree que ella fue la que se inventó ese juego, sin embargo, Mimi está bastante segura de que *todos* en la Galaxia de Andrómeda lo conocen.

Papi empezó. "¡Oye, encontré una! ¿Ves esa a la derecha?"

Nando y Mimi entrecerraron los ojos, sin poder ver la nube de la que Papi estaba hablando.

"¡La grande, justo ahí, tiene forma de tortuga!", Exclamó Papi.

"¡Ohhhhhh! ¡Ahí está! Y tiene cuatro patitas!", gritó Mimi con entusiasmo.

"¡Oye! ¡Y ahí está el caparazón!", Nando continuó.

Mamá encontró otra nube después.

"¡Ooooh! ¡Tengo una! ¡Tengo una! ¡Un Ángel, justo encima de nosotros! ¡Mira, tiene unas alas grandes y una aureola! Se parece a Azrael, el ángel de la guarda de Papi".

"Maaaamiiiiii, esas son las únicas formas que siempre encuentras en las nubes. ¡Todos te parecen ángeles!", dijo Mimi.

"Bueno, supongo que es porque me encanta creer que nuestra familia siempre está protegida por algo más grande que nosotros", respondió Mami con amor en sus ojos.

Después, Mimi encontró otra.

"Oigan, chicos, ¿ven esa nube? ¡Se parece un poco a la Estrella Hipersónica azul encima de mi helado!"

"Ahhh, sí, la veo", comentó papá. "Primero, estaba en tu barriga, ¡y ahora está en el cielo!"

"Papiiiiiiiii, eres tan cursi. Siempre con tus chistes malos de papá", le dijo Mimi.

"Este lugar significa mucho para todos en mi familia. Mi abuela definitivamente va a creer que tengo un trabajo de verano aquí. ¡¿Por qué no lo haría?!" Mimi pensó para sí misma.

"Muy bien, Mimi", susurró El Río para llamar su atención. "Ahora abre los ojos y busca una señal de esa memoria. Te dirá exactamente a dónde debes ir a continuación".

Ella abrió los ojos con entusiasmo, esperando la señal que mencionaba El Río.

Mimi buscó y buscó y buscó. Y no vio nada. "¿Estará en ese árbol? ¿Será un helado? ¿O será que está en una nube?"

Justo cuando Mimi estaba a punto de darse por vencida y sentirse súper frustrada, vio una hermosa y radiante luz azul en el cielo.

"¡Es la estrella hipersónica azul de mi helado! ¡Súper! ¡Ahí es a donde tengo que ir!", replicó Mimi.

Cuando estuvo a punto de pisar el pedal, una vez más, El Río interrumpió.

"¡Mimi! ¡Espera! Esta es solo una señal y debes aprender a interpretarla antes de trazar tu ruta. Yo te enseñaré el camino. Paso 1: agarra tu brújula del amor".

Mimi la tomó de las manos de El Conejo Bueno.

"¡Gracias por guardar mi brújula, amigo!" "¡Ok, la tengo!", dijo Mimi.

"Ahora, apúntala directamente a la estrella hipersónica azul", Expresó El Río.

Mimi levantó la brújula del amor y la alineó exactamente con la estrella.

Inmediatamente, vio la brújula del amor encenderse y sintió una vibración, como si estuviera calibrando su ruta.

Luego, la luz de la brújula se volvió aún más brillante y emitió un holograma con muchos ángulos y colores sobre el parabrisas de su estrella voladora.

A la derecha del parabrisas, Mimi notó un punto de latitud y longitud que aparecía 22.2222°N, 11.1111°W junto con el nombre del planeta "Planeta Integridad".

"¡Guau! ¡Mi propio GPS galáctico personal! ¡No tenía idea de que mi brújula del amor pudiera hacer todo eso! ¡Súper!"

El Río dijo gentilmente, "¿ya ves, Mimi? Paso a paso. Ahora sabes exactamente a dónde ir".

Mimi le dio las gracias a El Río, se abrochó el cinturón y luego abrochó el de El Conejo Bueno.

"Ahora, ¡nos vamos al Planeta Integridad!", Exclamó Mimi con mucha emoción.

Capítulo 2:
Planeta Integridad

Mimi, pisó el acelerador y la Estrella Voladora flotó lentamente hacia el cielo, más allá de las nubes con las que la familia solía jugar.

Ella notó que la brújula del amor se volvió más intensa y brillaba fuertemente. Luego, la nave espacial salió a la velocidad de la luz hacia su destino.

¡Uiiiiiiii!

Mimi tomó la mano de El Conejo Bueno mientras miraban por la ventana, asombrados por las luces brillantes que los rodeaban. Incluso, vieron un par de estrellas fugaces de color púrpura.

"No te olvides de pedir un deseo, Mimi", le recordó El Conejo Bueno.

"¡Ooh! ¡Tienes razón! Nunca dejes pasar una estrella fugaz sin pedir un deseo. Veamos . . . deseo . . . deseo . . . que mi abuela Caridad cocine mi plato favorito esta noche: ¡Arroz con moritas cósmicas. ¡Qué delicia!"

¡Ay Mimi!, siempre estas pensando en comer. Si tienes hambre, puedes comer un pedacito de esos asientos de malvavisco antes de comenzar nuestra aventura".

"¡Buena idea!", dijo Mimi, mientras comía.

ÑAM, ÑAM, ÑAM

Antes de que pudiera terminar su malvavisco, se dieron cuenta de que estaban a solo 1,111 kilómetros de su destino y pudieron ver un pequeño planeta azul con forma de una bolita cristal acercándose rápidamente.

El parabrisas se iluminó con un brillo mágico, revelando algunas instrucciones muy importantes:

"Estimada cadete espacial Mimi,

Bienvenida a su primera misión. Ahora se encuentra a 999 kilómetros del

Planeta Integridad: el planeta de la honestidad. La gente de este planeta está en un gran problema. Se han perdido por completo. Mienten, engañan y roban, ¡cada vez que pueden!

EL LEMA DE SU PLANETA ES:
Miente, miente por la vida—miente, miente un poco más, y si lo necesitas, también mientele a tu tía.

TU MISIÓN:
Recordarles a los habitantes de este planeta sobre el poder de la integridad, que es decir algo y hacer lo que dijiste que ibas a hacer".

Antes de que Māyā pudiera pensar en un plan, la Nave Mágica aterrizó sobre una pequeña pradera de hierba verde.

Mimi y El Conejo Bueno estaban emocionados y al mismo tiempo confundidos acerca de cómo se suponía que debían cumplir esta misión.

"Recuerda, El Río dijo que siguieramos las señales y que las guías aparecerían", le dijo El Conejo Bueno a Mimi mientras se desabrochaban con cautela los cinturones de seguridad y comenzaban a salir de la Estrella Voladora.

Mimi miró a su alrededor en busca de un botón de "ABRIR" y luego vio una palanca roja sobre la puerta. Estaba en un lugar demasiado alto para alcanzarla, sin embargo, vio un mini trampolín escondido en una esquina. Se abalanzó con su conejito en brazos y dio el salto.

"1, 2, 3, ¡salta!", ella gritó.

Mimi y El Conejo saltaron lo suficientemente alto como para alcanzar la palanca y tiraron con todas sus fuerzas.

Mientras bajaban la palanca, la puerta de la nave espacial se abrió y soltó un tobogán amarillo que daba muchas vueltas y !era muy divertido!

Los dos se tiraron por aquel mágico tobogán.

Después de aproximadamente 0.333 segundos de pura alegría y euforia, cayeron sobre aquella pradera de hierba. Esta fue la primera vez que los pies de Mimi tocaban el suelo de un planeta que no era el suyo.

Mimi estaba muy emocionada de estar en un nuevo planeta. Su primera vez fuera de casa. Ella y El Conejo Bueno comenzaron a jugar alrededor de la nave e hicieron una competencia de vueltas en el pasto.

"Okay ... 1 ... 2 ... 3 ... ouch!", él exclamó.

"¡¿Cuántas vueltas puedes hacer seguidas?!" Puedo hacer . . . 1 . . . 2 . . . 3 . . . 4 . . . 5 . . . ¡5!" Mimi contaba con cada vuelta. "Ahora es tu turno, Conejo", ella dijo.

El Conejo tropezó con una pequeña criatura de cuatro patas y orejas puntiagudas. Era marrón con algunas marcas negras alrededor de sus pequeños ojos. Había un anillo de cuero alrededor de su cuello que tenía imágenes de llamas alrededor. Y no hablaba sireli, ni ninguna otra lengua con la que Mimi estuviera familiarizada. Esta pequeña bestia peluda hablaba con gritos agudos. ¡Y ni siquiera se disculpó por toparse con El Conejo! ¡En cambio, levantó su pata trasera y orinó en el costado de la Estrella Voladora! ¡Qué descaro!

Mimi corrió hacia la nave y recogió a El Conejo para consolarlo después de este desafortunado encuentro.

"¿Qué crees que estás haciendo, pequeña bestia con pelos? ¡Esta nave espacial me costó mucha imaginación para poder crearla! ¿Sabes lo preciosa que es? No puedes simplemente orinar sobre ella y ni siquiera disculparte", Mimi dijo con indignación.

La criatura continuó haciendo el mismo sonido, ¡solo que ahora más fuerte!

Mimi recordó que tenía a su fiel traductor de la Sra. V en su mochila morada. Rápidamente lo sacó antes de que el monstruo pudiera huir y lo apuntó directamente hacia él.

El traductor era el mejor modelo que existía. El 528HZ. No solo te dice qué idioma está hablando alguien, sino también te dice su especie, su color favorito y sus intenciones.

"Date prisa, date prisa 528HZ," le gritó Mimi al traductor, agitándolo para que funcionara un milisegundo más rápido. "Necesito comunicarme con esta criatura para poder decirle que deje de orinar en la Estrella Voladora, ¡está arruinando la capa de pintura de brillitos!"

BLOOP... BIIIP... BAZZZAAAAA

"Cálculo completo". el traductor dijo con voz robótica:

Especie: Perro - Animal del Planeta Integridad
Subespecie: Chihuahua - Nombre: Diablo
Color favorito: el tono gris pálido de los zapatos de su amo después de masticarlos en pedazos irreconocibles
Intenciones: Orinar sobre la Estrella Mágica y no disculparse

"Ahhh, bueno, ahora esto tiene mucho más sentido", dijo Mimi. "Tal vez pueda intentar razonar con el Sr. Diablo".

Mimi comenzó a hablar por medio de su traductor con el perro antipático.

"Hola, Diablo. Mi nombre es Māyā. Tengo 12 años y soy del Planeta Lili. Estoy en una búsqueda para encontrar a mis padres. Ah, y este es El Conejo Bueno. Ambos venimos en paz y le pedimos que deje de orinar en nuestro vehículo. Realmente necesitamos que funcione para llevarnos a los próximos dos planetas. ¿Puedes hacer eso por nosotros?"

Mientras Mimi estaba hablando, el traductor traducía al idioma del perro:

"Guau, guau, guau, guau, guau guau guau, *guau*. Guau. ¿Guau?"

El Diablo, medio escuchando la súplica de Mimi, bajó lentamente la pierna. Con una sonrisa maliciosa, respondió:

"Guau guau".

El traductor calculó:

"No fui yo".

Mimi y El Conejo Bueno estaban totalmente incrédulos.

Mimi estaba perdiendo la paciencia y le comenzó a hablar de nuevo al pequeño monstruo malicioso:

"¡¿Qué quieres decir con que no fuiste tú?! Literalmente, te vi orinar justo frente a mis ojos".

El perro no parecía impresionado y dejó escapar un bostezo aburrido.

Justo cuando Mimi estaba a punto de darle a El Diablo más que una charla, vio a una niña corriendo hacia ella desde la montaña. Tenía un brillo angelical a su alrededor y, a medida que se acercaba, la cola de El Diablo comenzó a moverse cada vez más rápido.

"Dios mío, lo siento tanto, tanto. ¿Acaba de orinar en tu nave? A veces hace eso. Mis vecinos siempre se quejan de que les toca limpiar la nieve amarilla en invierno a causa de este pequeño diablo. Por cierto, soy Ángela. No creo que nos hayamos conocido todavía. Conozco a casi todas las personas en este planeta". dijo la chica sonriendo.

"Hola, Ángela, soy Māyā, sin embargo mis amigos me llaman Mimi. Y este es El Conejo Bueno, mi fiel compañero de conejitos. Espera, ¿dijiste que conocías a casi todos en este planeta? ¡¿Y cómo es eso?! Según el sistema de navegación de mi Estrella Voladora, este planeta tiene al menos siete mil millones de personas. ¿Cómo tuviste el tiempo para conocerlos a todos? Si probablemente estás en cuarto o quinto grado como yo", Manifestó Māyā.

"Bueno, me dieron una misión muy especial y la tomé muy en serio desde que era joven. Verás, este planeta tiene un gran problema con las personas, y los animales (dijo, mirando a su compañero de cuatro patas). Piensan que decir una mentira una y otra vez eventualmente la hará realidad . . . y no es así como funciona . . .

Mi familia se mudó aquí cuando yo tenía solo dos años y se comprometieron a difundir el poder de la verdad y el amor a cada habitante. Mis padres no pueden hacerlo solos, así que me dieron instrucciones de difundir la verdad a por lo menos 200 personas al día. Entonces, he conocido a unos seis millones de personas . . .", continuó Ángela.

"Espera, ¿Cómo pudiste hacer eso?", Mimi preguntó en un shock total.

Ángela respondió: "Bueno, me conecto con ellos a través de algo mágico que llamamos el World Wide Web. Nos hacemos amigos a través de este portal galáctico. Así es como puedo enseñar la verdad a tanta gente en tan poco tiempo.

Sin embargo tengo un largo camino por recorrer porque no todo el mundo está preparado para aprender. Se aferran a estas cosas llamadas mentiras piadosas, que creen que no son tan malas, aunque en realidad, pueden ser tóxicas para su integridad".

"Integridad . . . integridad . . . *¡integridad!*" Mimi pensó para sí misma. "¡Eso suena familiar! Lo recuerdo. Es parte de mi misión. Para conseguir el Clavi Mágico en este planeta, necesito enseñar Integridad. ¿Quizás pueda trabajar con Ángela para que esto suceda? ¡Perfecta Sincronía!"

Mimi entendió que El Diablo era en realidad una señal, si no fuera por este perro poco amable, no habría conocido a Ángela . . . Mimi sabía que estaba siendo guiada y le preguntó a su nueva amiga si podían combinar fuerzas en su búsqueda de la verdad.

"¡Ángela, nunca vas a creer esto! Has estado hablando de integridad, ¡y esta ha sido mi misión desde el principio! Verás, yo estoy en una búsqueda para encontrar a mis padres, y me dieron la tarea de detenerme en tres planetas diferentes para encontrar tres Clavis Mágicos. Una vez que encuentre los tres, se me concederá el deseo que yo quiera. Mi Estrella Voladora me guió aquí como mi primera parada. Mi objetivo es ayudar a la gente de este planeta a ser más honesta. Entonces, ya ves, ¡estamos totalmente alineadas! Perfecta Sincronía. ¿Qué tal si hacemos un equipo en esta misión tan importante?", propuso Mimi.

"¡Oh guau! Esto es increíble. ¿También conoces el Clavi Mágico? Mi familia y yo obtuvimos uno después de ayudar a nuestro primer millón de personas en Planeta Integridad a vivir por medio de la verdad", exclamo Ángela.

"Espera, entonces si tu familia ya recibió el Clavi del Planeta Integridad— ¿eso significa que no hay otro para mí?", preguntó Mimi.

"Para nada Mimi. No es así como funciona el universo. Verás, hay Clavis ilimitados en cada planeta. Y aunque la gente crea que son limitados y difíciles de encontrar, en realidad son abundantes y de fácil acceso; todo lo que tienes que hacer es creer. Ya sea que tu creas que algo es fácil o difícil, siempre tendrás la razón. Por lo tanto, es muy importante tener una mentalidad de abundancia en vez de una mentalidad de escasez. Es mejor tener un punto de vista de que hay más que suficiente de todo para todos. A eso lo llamamos 'ganar-ganar'", respondió Angela.

"¿Qué quieres decir con 'ganar-ganar'?", preguntó Mimi.

"Bueno, ganar-ganar es simplemente, cuando todos ganan. Por ejemplo:

Cuando ayudamos a millones de personas a redescubrir su integridad, todos ganamos. Las personas a las que ayudamos se vuelven más honestas y, a su vez, crean mejores relaciones entre ellas. Tratan a las otras personas con más amabilidad y compasión. Y eso eleva la frecuencia de todo el planeta, crea un mejor ambiente para que todos vivamos. Entonces Mimi, así todos ganamos. Ganar. Ganar", le explicó Ángela.

"¡Súper! Eso suena genial. Estoy lista para creando mi primer ganar-ganar, y lo más importante, conseguir ese Clavi Mágico. ¿Por dónde empezamos?", preguntó Mimi.

"Espera un minuto, Māyā", la paró Ángela.

"Quiero dejar una cosa muy clara. Nuestro enfoque cuando estamos ayudando a la gente, nunca debe ser la recompensa, o el Clavi en este caso. Cuando ayudamos a las personas, lo hacemos con la bondad de nuestro corazón. Sabrás que estás en el camino correcto cuando estés haciendo algo por otra persona y tu corazón se llene de amor incondicional. ¿Alguna vez te has sentido así antes?

Māyā recordó una memoria de su infancia.

En la Escuela Arcoiris, habían algunos niños cuyas familias no tenían tanto dinero como otros. A veces, usaban la misma ropa varios días seguidos y no podían permitirse el lujo de traer alimentos o pagar el programa de almuerzos de la escuela. Estos niños hacían todo lo posible por ocultar el hecho de que sus familias no tenían muchos recursos, aunque a veces era difícil de ocultar.

Un día, Māyā estaba muy aburrida en la clase de matemáticas y estaba sentada junto a su mejor amiga Aaya. La voz de la maestra comenzó a sonar como un sonido monótono, una canción de cuna que hizo que sus párpados se sintieran muy pesados.

Justo cuando estaba a punto de quedarse dormida, el ruido del estómago de Aaya la despertó. Cuando la miró, Aaya puso sus manos sobre su vientre avergonzada y Mimi no estaba segura de qué hacer. Fue entonces cuando se dio cuenta de que Aaya, y un grupo de niños de su grado, nunca traían comida a la escuela.

Estos niños simplemente jugaban durante la hora del almuerzo y decían que no tenían hambre o que habían desayunado mucho. Ahora Mimi sabía que la verdad es que estaban demasiado avergonzados para admitir lo que realmente pasaba.

Inmediatamente después de la clase de matemáticas, Mimi se aseguró de sentarse junto a Aaya para el recreo y dividió la mitad de su sándwich de mantequilla de maní y mermelada de luna, así como su paquete de pirañas galácticas.

Mimi nunca le mencionó a Aaya que escuchó su estómago retumbar en la clase de matemáticas, sin embargo, sabía que tenía que hacer algo al respecto. No podía dividir su sándwich de mantequilla de maní y mermelada de luna para 55 niños, por lo que creó un Súper Equipo de Comida: un grupo de niños que traían alimentos adicionales de sus casas una vez a la semana y preparaban 55 almuerzos para aquellos niños que más los necesitaban.

El Súper Equipo de Comida sabía que los niños estaban avergonzados de tener hambre durante la hora del almuerzo, ya que, sus padres no tenían los medios para darles el alimento. Entonces, dejaban las bolsas de papel con los almuerzos dentro de los 12 toboganes cósmicos en el patio de la escuela. De esa manera, los niños que los necesitaban podían agarrarlos en la privacidad de estos tubos retorcidos.

Una vez que comenzó a ver a sus amigas como Aaya comiendo la comida fresca de sus bolsitas de papel cuidadosamente arregladas, sintió una abundancia de amor incondicional en su corazón. Este debe ser el sentimiento del que habla Ángela.

"Mimi, ¿Estás bien? te desconectaste por un segundo. Aunque por la gran sonrisa en tu rostro, apuesto a que pudiste encontrar un recuerdo en el que sentiste un amor puro, el tipo de amor que solo puede provenir de ayudar a alguien y no esperar nada a cambio", Opinó Ángela.

"Sí, ahora sé exactamente a qué te refieres Ángela. Vamos a ayudar a estas personas a vivir más honestamente, no me preocuparé demasiado por el Clavi. Llegará exactamente cuando deba llegar, como un valor agregado a la alegría que brindemos a la gente del Planeta Integridad", afirmó Mimi, mientras sonreía.

"¡Así se habla, Mimi! Entonces, dado que, estamos trabajando juntas, te llevaré a mi misión más importante. Y definitivamente no es una coincidencia que hayas aterrizado tu nave mágica en mi planeta hoy.

Esta misión es tan importante que probablemente sea la razón por la que El Diablo estaba orinando en tu Estrella Voladora: Él es una criatura de hábitos, por lo que no le gustan los cambios. Y si logramos esta misión, la conciencia de todo este planeta cambiará. Se elevará a una frecuencia más alta.

Yo llamo a esta misión 'El Punto de Inflexión' y se basa en un estudio antiguo que dice que una vez que se llega a un cierto número de personas que se comportan de cierta manera, se logra algo llamado la 'Masa Crítica'. Eso significa que este nuevo comportamiento o idea se extenderá como la pólvora, por medios inexplicables, casi como por arte de magia, de este grupo a todo el planeta. Es más o menos un efecto dominó ¿Y adivina qué? Hoy es el día en que sucederá. Puedo sentirlo.

Este es el plan". Continuó Ángela, "vamos a ayudar a la persona más deshonesta del Planeta Integridad a cambiar sus costumbres. Su nombre es Pastor y vive en la ladera, justo allí, con su mamá, papá, y hermanos menores. Es un poco mimado ya que sus padres le dan todo lo que pide, y él odia compartir Su habitación está llena de los dispositivos más geniales del planeta, como una pequeña computadora de mano que puede responder cualquier pregunta del mundo, con solo mantener presionado un botón y decir 'Hey GiGi', pistolas de agua que disparan jugo de mango para las peleas de agua más dulces de la historia, ie incluso un inflable de brinquitos de luna en su patio trasero! Fui a la fiesta de su décimo cumpleaños el año pasado y tenía alrededor de 1,000 regalos apilados en una pirámide. Le tomó un mes entero abrirlos todos. Los niños del pueblo se emocionaron porque vieron que tenía algunos juguetes que estaban repetidos y pensaron que

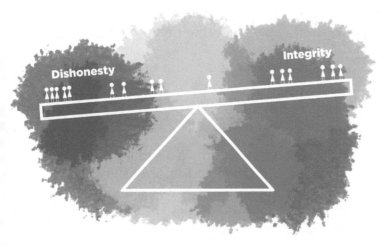

los compartiría, no obstante, les dijo que estaban. . . que estaban todos malos, aunque no era verdad. Ni siquiera dejó que su hermano o hermana pequeños jugaran con ellos.

Es un chico codicioso que odia compartir y miente todo el tiempo.

Cuando cumplió cuatro años, le pidió a sus padres muchos pollitos, y después de eso, cada año se continuaban desapareciendo los pollitos. Cada dos meses, pedía ayuda y decía que un zorro estaba atacando a sus pollos. Las primeras veces, las personas vinieron a ayudar y no vieron al zorro, pues resulta que Pastor en realidad se estaba comiendo los pollitos para el almuerzo. Después de un tiempo, las personas del pueblo dejaron de acudir a su rescate.

Un día, una manada de zorros se infiltró en su patio trasero de verdad y se llevó todos los pollitos. Sin importar, que tan alto grito pastor pidiendo ayuda nadie vino porque sabían que no se podía confiar en él. Si logramos que Pastor deje de decir mentiras, apuesto a que podríamos alcanzar una masa crítica y difundir la honestidad a todos los ciudadanos del Planeta Integridad", Dijo Ángela con esperanza en su voz.

Māyā y Ángela se dirigieron a la casa de Pastor, mientras que El Conejo Bueno y El Diablo se quedaron para cuidar la Estrella Voladora. No pasó mucho tiempo antes de que vieran su castillo en la cima de la colina. Llegaron a las deslumbrantes puertas de metal y diamantes, con un escáner de retina, para mantener alejados a los intrusos e invitados no deseados.

Dado que, Ángela había ido al cumpleaños de Pastor, su información ya estaba almacenada. Ella escaneó su ojo y las enormes puertas se abrieron.

Las chicas entraron con un poco de desconfianza y nerviosas porque iban a hablar con el mimado príncipe.

Caminaron a lo largo de un puente levadizo arcoíris rodeado por un pozo de crema de chocolate.

"¡Eso es lo que Pastor come para el desayuno, el almuerzo y la cena! ¡Chocolate!

Y sus padres han dejado de intentar obligarlo a comer vegetales. Es demasiado terco". Ángela comentó mientras se acercaban a la puerta de adentro del castillo de Pastor.

Mimi llamó silenciosamente y activó una cámara que apuntaba directamente a ella.

"¿Hola? ¡¿Quién está ahí?!" preguntó una voz desde el interior de la casa. Era la madre sobreprotectora de Pastor. Cuando solía ir a la escuela con Ángela y los otros niños del vecindario, su madre le ponía grandes cantidades de bloqueador solar por todo el cuerpo, ¡incluso en invierno! Los otros niños siempre se burlaban de él por eso. Decían, "¡Boo! ¡Aquí viene el fantasma Pastor! ¡Corran! ¡Corran!"

Al escuchar la voz, las niñas se dieron cuenta de que no habían pensado en lo que le dirían a los padres de Pastor sobre su visita imprevista.

"¿Holaaaa?
¡Puedo verlas, chicas! ¿Quiénes
son ustedes?", repitió la mamá.

"¡Hola! ¡Somos Ángela y Mimi y estamos aquí para ver a Pastor!", mencionó Ángela.

Antes de que Ángela continuara con su explicación de porqué estaban ahí, la mamá de Pastor la interrumpió.

"¡Gua! ¡Estoy tan feliz de verlas chicas! Pastor no ha recibido visitas desde que comenzamos la escuela desde casa hace seis meses. Estoy tan contenta de que todavía tenga algunos amigos que lo extrañan y quieran pasar tiempo con él. ¡Entren! Creo que está en el patio trasero, conduciendo su mini Ferrari por su nueva pista de obstáculos".

Ángela y Mimi caminaron por la desordenada habitación de Pastor, llena de juguetes, algunos todavía en sus cajas. También vieron una colección de autos para niños estacionados en el mini garaje junto a la pista de obstáculos. Al acercarse, llamaron a Pastor.

"¡Oye, Pastor! ¿Me recuerdas? Soy Ángela de la clase de ciencias de la Sra. V", dijo Ángela.

El Ferrari de Pastor se detuvo cuando vio a las dos chicas de pie en la línea de meta.

"Oye, ¿Qué estás haciendo tú en mi casa? ¡No recuerdo haberte invitado aquí! ¿Y quién es esta extraña a tu lado y por qué se viste tan raro?", replicó Pastor en un tono poco amistoso.

"Sé que vinimos sin una invitación, sin embargo, pensamos que no estarías demasiado ocupado ya que todos estamos de vacaciones de verano. No te he visto desde que empezaste la educación en casa y quería ponerte al día. Esta es mi nueva amiga, Māyā, es del planeta Lili, a solo 333,333 kilómetros al oeste de aquí. Ella es muy buena y te la quería presentar", respondió Ángela.

"Bueno, como pueden ver, estoy muy ocupado. Todavía tengo 44 vueltas para completar en mi nueva pista de obstáculos, y después será el momento de mi cena de batido de chocolate. Luego, tengo una noche muy ocupada jugando videojuegos. Cómo pueden ver, no tengo tiempo para ustedes en mi agenda, es mejor que se vayan ahora. Piérdete, Ángela con tu nueva amiga. Pueden salir por donde entraron", él concluyó.

Pastor tomó sus pistolas de agua con jugo de mango y empezó a dispararles a las chicas mientras ellas retrocedían.

"Bien bien. Tú ganas. Solo estábamos tratando de visitar a un viejo amigo, aunque supongo que realmente no quieres compañía. Adiós, Pastor", le dijo Ángela mientras salía corriendo.

"Mimi, ya estoy cansada de Pastor. Esta no es la primera vez que trato de ser su amiga y él siempre reacciona de esta manera. ¡Quizás esta misión sea imposible! Probemos con otra persona. Él es una causa perdida".

"Espera, Ángela, no podemos irnos así. Tú y tu familia han estado trabajando en esta misión casi toda tu vida. No podemos rendirnos todavía", suplicó Mimi.

"Bueno, ahora es demasiado tarde, Māyā. Algunas personas nunca cambian", respondió Ángela con frustración.

Mimi buscaba en su cabeza formas de hacer que Ángela se quedara, cuando recordó la sabiduría de El Río.

"Oye, Ángela, tengo una idea. Quizás podamos intentar una cosa más. Sentémonos, recuperemos el aliento y hagamos esta señal con las manos. Yo la llamo el Mudra de Ágape. Un amigo me dijo que lo hiciera en cualquier momento que lo necesitara para aclarar mi mente y obtener alguna respuesta".

"Está bien, está bien, sin embargo, si esto no funciona, ¡me largo de aquí!", respondió Ángela.

Las chicas se sentaron en el césped de afuera, inhalaron profundamente y Māyā le mostró a Ángela cómo hacer el Mudra de Ágape, paso a paso.

"Está bien, juntemos nuestros pulgares e índices para hacer un corazón. Luego, conecta el resto de tus dedos para hacer una pirámide frente al corazón", Puntualizó Māyā.

Una vez que cerraron los ojos e hicieron la poderosa señal con sus manos, escucharon un sonido seguido de lo que se sintió como una tormenta inesperada. Abrieron los ojos para descubrir que los rociadores de las plantas se habían encendido. Hacía tanto calor afuera, que agradecieron el agua. Además, les ayudó a limpiarse de todo el jugo de mango en su ropa.

"Escucha atentamente", dijo Māyā. "¿Escuchas ese sonido?"

Ángela y Māyā se quedaron súper calladas y sintonizadas con el sonido del agua, que estaba murmurando un mensaje especial para ellas.

"Espera . . . ¿esta agua . . . está hablando con nosotras?", dijo Ángela totalmente sorprendida.

"Sí que lo está" respondió Mimi. "Quiero que conozcas al amigo del que te estaba hablando, El Río. Él es quien me ayudó a crear mi Estrella Voladora con mi imaginación. Y me está guiando para que encuentre los Clavis y vuelva a ver a mis padres".

El Río comenzó a susurrar su mensaje a las niñas.

"Mimi y Ángela, estoy tan orgulloso de ustedes, por llegar tan lejos. La misión de Integridad no es fácil. Y Pastor es un joven muy especial. Es importante que entiendan que cuando la gente es mala contigo, por lo general no tiene nada que ver contigo, y tiene mucho que ver con ellos. Su mezquindad proviene del dolor que sienten, en lo más profundo de su ser, por eso no pueden ser amables.

Si alguien te miente, presta atención al vacío en su corazón.
Si alguien te lastima, presta atención al dolor que está escondiendo.
Si alguien no te aprecia, presta atención a su frustración de no ser visto o valorado.

Cuando ustedes noten estos comportamientos en otras personas, no lo tomen como algo personal. En cambio, denle amor ya que esa persona está sufriendo más de lo que ustedes creen".

El Río continuó con la siguiente reflexión: "La verdad es que Pastor ha estado muy triste. La razón por la que sus padres lo sacaron de la escuela fue porque los otros niños se burlaban de él. Él piensa que la única razón por la que los niños vienen a sus cumpleaños es para jugar con sus juguetes. Que no les importa ser su amigo, ya que, lo único que hacen es reírse de él. Motivo por el cual, comenzó a mentir en su afán de querer hacer amigos, lo cual ocasionó que la gente no quisiera estar con él.

Su mamá y su papá trataron de hacerlo sentir mejor comprándole todas estas cosas para ocupar su tiempo, a pesar de ello, lo que realmente necesitaba eran algunos buenos amigos como ustedes dos. Sé que sus corazones tienen amor de sobra, entonces, den un poco de ese amor a las personas que más lo necesitan, como Pastor".

En ese momento, los rociadores de agua se apagaron y las chicas pudieron ver a Pastor llorando en el asiento del conductor de su Ferrari.

Corrieron hacia él.

"¿Hey, qué pasó? ¿Estás bien?", dijo Mimi.

"¡Pensé que les había dicho que se fueran!" Dijo Pastor, secándose las lágrimas con la manga de su chaqueta.

"Sabemos que estás pasando por un momento difícil. Los niños de la escuela no han sido muy amables contigo, ¿verdad?", dijo Ángela.

"Está bien, se los diré, aunque, tienen que prometerme no decírselo a nadie", respondió Pastor.

Las chicas estuvieron de acuerdo a pesar de que ya conocían la historia.

Pastor, les compartió los todos los motivos por los cuales se burlaban de él en la escuela y como a raíz de esto, había estado solo y en su casa durante 6 meses sin poder tener amigos verdaderos.

"Prefiero estar solo que con personas que solo se preocupan por mis cosas, y no por mí. De lo contrario, habrían venido cuando pedí ayuda, cuando la manada de zorros se llevaron todos mis preciosos pollitos", concluyó Pastor.

"Lo siento, pastor. Sé que debe haber sido difícil. Aunque nunca es demasiado tarde para empezar de nuevo. Si empiezas a decir la verdad ahora, recuperarás la confianza de las personas. Entonces, ellos verán tus verdaderas intenciones. Y, si empiezas a compartir las cosas que tienes con amor en tu corazón, ellos verán tu amabilidad y te tratarán de la misma manera", respondió Ángela.

"Verás Pastor, no podemos cambiar nuestro pasado y no podemos controlar el futuro. De lo único que tenemos control es del momento presente. Entonces, olvidemos el pasado y centrémonos en el presente. Hagamos una nueva intención y mejoremos las cosas a partir de este momento", Agregó Māyā.

"Todo lo que tienes que hacer es recordar la regla de oro con todo lo que hagas de ahora en adelante: trata a las personas como quieres que te traten a ti, y ellas te tratarán de la misma manera", Cerró Ángela.

ACTIVIDAD:
Ahora es tu oportunidad de enseñarle a Pastor sobre la importancia de la honestidad, escribe sobre un momento en tu vida en el que decir la verdad no fue lo más fácil de hacer, sin embargo, lo hiciste y sientes orgullo por eso. También, puedes dibujar algo que representa la situación.

_____
_____
_____
_____
_____
_____

Pastor finalmente se abrió y le respondió a las chicas.

"Vaya, nunca lo había pensado de esa manera. Lamento haber sido tan mala persona contigo antes Ángela. Realmente quiero amigos. Amigos que me aprecien, por quien soy, y no por mis cosas. Quienes me quieran por lo que soy, no por mis acciones. Puedo sentir que ustedes dos son amigas de verdad. Y estoy muy agradecido de que hayan entrado en mi vida. Prometo, de ahora en adelante, decir la verdad y tratar a los demás como quiero que me traten a mí".

De repente, Māyā sintió una gota en su hombro. Miró hacia arriba y descubrió que el cielo sobre ella estaba lleno de burbujas de jabón que se multiplicaban y multiplicaban flotando sin problemas, como si las llevara un viento mágico desde las afueras de la ciudad en dirección hacía el castillo de Pastor ubicado sobre la colina.

Los tres amigos se sonrieron el uno al otro, asimilando todo. Al tiempo que, notaron, a miles de niños jugando y corriendo tras las burbujas que se acercaban rápidamente al castillo de Pastor.

Pastor salió disparado de su habitación y gritó por el pasillo, "¡Mamá, papá! ¿Está bien si invito a algunos amigos?"

"¡Claro cariño!", respondió su mamá.

Pastor tiró de la palanca del puente levadizo y corrió hacia la puerta principal del castillo. Su corazón rebosaba de alegría y gratitud, listo para saludar a sus miles de nuevos amigos.

Cuando los niños se acercaron, los tres amigos vieron cómo una de las burbujas se hacía cada vez más grande hasta cubrir todo el cielo. Luego, en un momento mágico, estalló y creó un suave polvo brillante que cayó sobre ellos, llenando el pozo alrededor del puente levadizo con olas brillantes. Los niños corrieron hacia el borde del agua, viendo cómo se transformaba ante sus propios ojos y algunos de los destellos comenzaron a tomar forma.

"Espera . . . ¿es eso lo que creo que es?", exclamó Mimi.

En ese momento, los niños vieron cómo los polvos brillantes se unían para formar el Clavi Mágico. Cubierto de plata, oro y brillo de arco iris, el Clavi era tan grande como la mano entera de Mimi y ella lo recogió con entusiasmo.

Ángela gritó emocionada, "¡Mimi, ese es tu Clavi! ¡Lo hicimos! ¡Alcanzamos la masa crítica! ¡Misión cumplida! Este es el momento del que me hablaban mis padres. Siempre me pregunté cómo lo sabría, y me dijeron que habría una señal del cielo. ¡Muy bien!"

Mimi y Ángela saltaban de arriba a abajo, abrazándose y chocando las manos, cuando sonó la alarma del reloj mágico de Mimi.

"¡Oh no! Creo que significa que es casi la hora de cenar. Y le prometí a mi abuela que siempre volvería a tiempo. ¡Me tengo que ir! Gracias por trabajar conmigo para difundir la honestidad por todo el planeta. No podría haber obtenido mi Clavi Mágico sin ti", dijo Mimi.

"Yo tampoco podría haber cumplido mi misión sin ti, Mimi", respondió Ángela. ¡Ahora entiendo realmente lo que se siente cuando todos ganan! ¡Hacemos un equipo increíble, amiga! ¡Sé que nos veremos pronto para vivir más aventuras! Vuelve en cualquier momento para visitarnos a Diablo y a mí", respondió Ángela.

En el horizonte, las niñas vieron a El Conejo Bueno y a El Diablo corriendo hacia el puente levadizo.

"Espera, si ellos vienen para acá, ¿quién está cuidando la Estrella Voladora?", Mimi comentó.

"Oh Mimi, ya no hay necesidad. Dado que todo el planeta es tan honesto, nadie la robaría jamás. Está sana y salva justo donde la dejaste", replicó Ángela.

El Diablo corrió hacia Mimi y rodó en su espalda, exponiendo su barriga, esperando que ella lo acariciara.

"Guau guau guau guau guau guau guau guau guau. Guau, guau, guau. ¡Guau, guau!"

El traductor de Mimi calculó:

"Lo hiciste. ¡Realmente lo hiciste! Lo admito, tenía mis dudas. Sin embargo estoy muy orgulloso de ti. Perdón por orinar antes en tu Estrella Voladora. ¡Eres mi heroína".

Mimi le dio un gran abrazo a El Diablo, mientras que El Conejo Bueno tiraba de su brazo, recordando que ya era hora de regresar.

"¡Chau a todos!" Mimi gritó mientras corría de regreso a la Estrella Voladora con el Conejo en brazos.

Ella rápidamente abrochó a El Conejo Bueno y tomó una naranja de su mochila para darle energía extra para el viaje de regreso a casa. Puso su brújula del amor para volver a El Río en el Planeta Lili y en unos segundos estaban en camino. Mientras veían las luces azules y púrpuras de la galaxia, comenzaron su descenso a la misma bahía de la que habían partido horas antes.

Cuando ella salió de la nave, El Río la felicitó por recibir su primer Clavi.

"¡Así se hace, Mimi, mi niña! Siempre tuve fe en ti. Ahora dime, ¿todavía estás pensando en decirle a tu abuela que estás trabajando en el Imperio Galáctico de Helado de Aoife este verano?, dijo El Río.

"De ninguna manera, después de ver cómo el poder de la honestidad transformó todo el planeta, no creo que pueda volver a mentir. Voy a decirle a mi abuela toda la verdad, incluso si se ríe de mí y me dice que he estado viendo demasiados dibujos animados".

Cuando Mimi dobló la esquina de su casa, ya podía oler la sopita de la abuela Caridad. Al entrar, su abuela la recibió con los brazos abiertos, como siempre lo hace.

"Hola, chiquita, ¿cómo estuvo El Río? lávate las manos, ¡ya casi es hora de cenar! ¿Trajiste la mermelada de luna como te pedí?

"Hola abuelita, mejor siéntate. Tengo dos cosas muy importantes que contarte: Uno, olvidé la mermelada de luna. Y dos, no solo fui al Río. Tomé un pequeño desvío. Verás, estaba tan triste, y El Río empezó a hablarme. Primero me dijo que podía ayudarme a encontrar a mis padres. Y luego, estaba esta nave mágica que hice con mi mente, Por último, me dijo que necesitaba encontrar 3 . . ."

"Clavis Mágicos", la abuela terminó la oración de Mimi.

Mimi se congeló en estado de shock. ¡¿Espera?! ¡¿Tú ya sabes?! Y yo estaba aquí tratando de encontrar las palabras para explicarte todo esto. Pensé que ni siquiera me creerías.

"Tranqui, mijita, y sí, ya lo sabía. El Río ha sido parte de nuestra familia durante generaciones. Se ha conectado con todos los miembros de nuestra familia y los ha ayudado en los momentos que más lo necesitaban. Sabía que tu turno llegaría pronto. Verás, cuando era una niña pequeña como tú, le tenía un miedo muy grande a las alturas. No podía subirme a los ascensores de cristal del Súper Centro Comercial de Andrómeda. ¡Es más, ni siquiera podía subirme a un columpio! Entonces, El Río me regaló algo muy especial para mostrarme que tenía el poder de conquistar cualquier cosa", expresó la abuelita Caridad.

La abuela de Mimi fue a su habitación, abrió el cajón inferior de su armario y agarró una pieza larga de tela púrpura.

"Toma esto mijita. Es la capa que El Río me dio hace más de seis décadas. Me enseñó que con esta capa, y mi fuerza interior, podría volar mucho más allá de mis miedos. Ahora es tu turno de usarla. La necesitas ahora, más que nunca".

Mimi envolvió sus brazos alrededor de la cintura de su abuela, abrazándola muy fuerte.

"Está bien, ahora soy yo la que tengo algo que decirte. Toma asiento, Mimi", dijo la Abuela Caridad.

En este punto, Mimi notó que Nando no estaba en la cocina, cuando por lo general es el primero en la mesa, listo para devorar toda la deliciosa comida de la abuela.

"Abuela, ¿dónde está Nando?", preguntó Mimi.

"Bueno, eso es exactamente lo que quería contarte. Verás, tu hermano estaba jugando afuera y un gusano diminuto se le metió en la oreja. Nos enteramos de estos gusanos en las noticias de Lili. Son muy peligrosos. Una vez que el gusano entra en tu cuerpo, se mete en tu cerebro y te hace pensar que lo necesitas para vivir. Aunque la verdad es que te enferma mucho. Incluso te hace ver cosas que realmente no existen. Algunas personas se han recuperado de esto, sin embargo se necesita mucha fuerza de voluntad y amor propio para conquistarlo".

De los ojos de Mimi comenzaron a brotar lágrimas. Ella sintió que toda la alegría del día se transformó rápidamente en una profunda tristeza.

"Esto no puede ser cierto, Abue. ¿Va a estar bien? ¿Puedo verlo?", Mimi le suplicó a su abuela.

"Lo siento, mijita, él tiene que descansar ahora. Mejor cuídate y concéntrate en encontrar los otros dos Clavis. Yo me quedaré aquí con Nando y me aseguraré de que se mejore".

"Abuela, por favor. Debe haber algo que pueda hacer. Tengo mi Estrella Voladora. Puedo ir a cualquier parte de la galaxia en busca de un remedio. Solo dime por dónde empezar".

"Primero lo primero. Cómete tu sopita y duerme bien. Mañana es un nuevo día. Puedes volver a El Río y pedirle que te guíe sobre dónde encontrar la cura que Nando necesita".

Esa noche, Mimi se quedó despierta durante horas, sin poder conciliar el sueño. Todo lo que podía hacer era pensar en Nando y en cómo podía ayudar a mejorar las cosas.

Se decía a sí misma: "¿Cómo pudo haber pasado esto? Quizás si mis padres estuvieran aquí, sabrían qué hacer. Ahora tengo que ir a buscar una cura y ni siquiera sé por dónde empezar. ¿Y si no se cura? ¿Será culpa mía? Realmente espero que El Río me pueda ayudar".

Mientras los pensamientos corrían en su mente, su cuerpo finalmente cedió al agotamiento y se quedó dormida.

Mimi se despertó con la energía y esperanza renovadas. Corrió, ansiosa para encontrarse con El Río y encontrar una cura para su hermano.

Su abuela Caridad la estaba esperando al pie de las escaleras, con el desayuno y la nueva capa de Mimi. La abrazó con fuerza y le dio las gracias. Mientras desdoblaba la capa, notó que su abuela había bordado sus iniciales en la espalda: "M.M". junto con una estrella para recordarle la luz brillante que siempre lleva en su interior.

"Ahora, es tuya, cariño. Cuidate.
Nos vemos esta noche en la cena".

Mimi rápidamente se puso sus botas amarillas, agarró su mochila y a El Conejo Bueno, y corrió a ver a El Río. Tan pronto como llegó, empezó a explicarle todo lo que pasaba con Nando con mucha urgencia. Las palabras de Mimi volaban de su boca a una velocidad récord:

"Nunca vas a creer lo que le pasó a Nando. Estaba jugando afuera. Y estaba este gusano. Y luego se le pegó en la oreja. Y ahora se apoderó de su mente. Y ahora yo tengo que encontrar una cura, ya que mis padres se han ido. Y tengo que hacerlo rápido antes de que se ponga. . ."

El Río envió un suave rocío sobre Mimi para calmarla.

"Mimi, más despacio. Ya sé lo que está pasando con Nando. Y te ayudaré a encontrar una cura. Tendrás que ir al próximo planeta antes de que eso suceda".

"¡¿Qué?! Pero Nando necesita la cura ahora mismo. Está empeorando a cada hora. Ha estado en la cama todo el día y mi abuela ni siquiera me deja verlo", Mimi dijo, perdiendo la paciencia.

"Créeme. Lo entenderás cuando llegues. No te quedes ahí parada, tu hermano te necesita", respondió El Río.

Entonces, le envió una pequeña corriente de agua hacia los pies de Mimi, mostrándole el camino hacia donde estaba estacionada su Estrella Voladora.

Capítulo 3:
Planeta Self-Love

"¡Listo! ¡Vamos a hacerlo!" dijo Mimi mientras saltaba en su Estrella Voladora y abrochaba el cinturón de El Conejo Bueno.

Se dio cuenta de que El Río ya había programado su brújula de amor propio para el viaje que tenía por delante. La latitud y longitud proyectadas a la derecha de su parabrisas decía "432°S, 143°W" junto con el nombre del planeta "Planeta Self-Love".

Con un rápido movimiento, la Estrella Voladora despegó a través de la Galaxia de Andrómeda. Mimi veía pasar luces a su alrededor y mientras tomaba la mano de El Conejo Bueno y rezaba para que este viaje le ayudara a encontrar la cura para Nando.

Se acercaron a un planeta en forma de corazón en la distancia. La nave se detuvo lentamente, flotando sobre el suelo durante unos minutos, antes de aterrizar suavemente, como si le sugiriera a Mimi que debía proceder con precaución y sumo cuidado.

Sintiendo esta energía suave y silenciosa, Mimi se desabrochó lentamente el cinturón de seguridad, puso a El Conejo Bueno en sus brazos y tiró suavemente de la palanca para abrir la puerta y soltar el tobogán.

"Vamos, Conejito. Paso a paso", le susurró a su fiel compañero.

Mimi y El Conejo aterrizaron en arena suave y rosa.

"¡OOoooOOoh, esto se siente increíble!", dijo El Conejo Bueno mientras hacía ángeles en la arena.

"¡Shhh! Escucha, amiguito, ¿oyes eso?, preguntó Mimi.

Mimi y El Conejo trataron de escuchar más de cerca. Podían oír un grito en la distancia. Sonaba como una niña.

"¿Alguien está llorando?, Se preguntaron.

Mimi metió la mano en su mochila y agarró sus binoculares. En la distancia, escondida detrás de los innumerables árboles del exuberante bosque verde, vio a una chiquita rodeada por una luz gris. Parecía tener unos cinco o seis años de edad y estaba sentada en la rama de un árbol caído, con la cabeza entre sus manos.

"¡Allí está! ¡De ahí es de donde viene el llanto!" Dijo Mimi mientras tomaba la mano de El Conejo y corría por el bosque verde. Algo dentro de ella la atraía hacia la niña, sentía que debía consolar a esta pequeña extraña.

A medida que Mimi se acercaba, la niña la vio y comenzó a huir, como si no quisiera ser encontrada.

"¡Hola! Mi nombre es Mimi y este es mi amigo El Conejo Bueno. ¿Estás bien? ¿Necesitas ayuda? Te escuchamos llorar desde allá".

La niña no respondió, sino que se escondió aún más en el bosque.

Mimi recordó cuando solía perseguir a Nando por la casa. Cuanto más lo perseguía, más se alejaba de ella, sin embargo, cuando ella disminuía la velocidad, él se aburría de correr solo y se acercaba a ella. Entonces, intentó esa estrategia. Se sentó y trató de llamar la atención de la niña de otra manera.

Mimi comenzó a jugar con sus binoculares mientras describía todos los colores bonitos que veía.

"Oooh, cuando miro a través de estos binoculares mágicos, veo tantos destellos y colores brillantes. Se ve tan genial", decía Mimi llamando la atención de la niña.

La chiquita intrigada por el nuevo juguete, comenzó a salir del bosque y se acercó.

Mimi vio que la estrategia funcionaba, así que continuó.

"Y guau, en realidad tengo mucha hambre. Tal vez coma una de las naranjas maduras y jugosas del jardín de mi abuela. La partiré en dos y dejaré la otra mitad aquí, en la rama de este árbol, en caso de que haya una niña por aquí que quiera comer algo delicioso", Manifestó Māyā.

La niña se acercó a Mimi y alcanzó la otra mitad de la naranja. Mimi asintió y sonrió, haciéndole señas para que se sentara a su lado.

"Aquí tienes. Aquí está tu mitad, dijo Māyā".

La niña tomó la naranja de su mano con un poco de temor. Māyā miró fijamente el rostro de la niña, reconociendo algo muy familiar en sus ojos.

"¿Por qué siento que te he conocido antes?", preguntó Māyā.

"Bueno, Māyā, la razón por la que me veo tan familiar es porque ya nos conocemos. Verás, soy tú, cuando tenías seis años", Respondió la chica.

"¿Qué quieres decir con que eres yo cuando tenía seis años? ¡¿Cómo puede estar pasando esto?! Māyā exclamó con total incredulidad.

La Pequeña Mimi empezó a explicar.

"Así es. De hecho, soy lo que algunas personas llaman tu 'niño interior'". Soy tu Yo de seis años, que guarda todo en nuestra mente subconsciente. Esta es la parte de nuestro cerebro que comenzó a desarrollarse desde el momento en que nacimos hasta aproximadamente cuando cumplimos siete años.

Verás, todo lo que experimentamos durante estos primeros siete años, incluido lo que nuestros padres, amigos y otras personas nos enseñaron, te moldeará en la persona que te convertirás el resto de tu vida. También afecta la forma en que ves el mundo y si tomas decisiones desde un lugar de miedo o amor, de escasez o abundancia."

"Vaya, esto es como viajar en el tiempo. Entonces, si tú eres yo, ¿por qué lloras?, preguntó Māyā.

"Todo lo que yo siempre quería era estar rodeada del amor de nuestros padres". Respondió la niña, "ellos no tenían tiempo para estar con Nando y conmigo, ya que siempre estaban ocupados trabajando", Explicó la pequeña Mimi.

"Nuestros padres nos enseñaron que ganar dinero era difícil. Esa es parte de la razón por la que luchamos tanto financieramente, debido a sus creencias limitantes en torno a la riqueza. ¿Recuerdas que Papi tenía tres trabajos cuando nació Nando, solo para poner comida en la mesa? Dijeron que lo estaban haciendo por todos nosotros, para que pudiéramos tener al menos una vacación familiar al año. Todo lo que realmente queríamos era pasar más tiempo de calidad con ellos.

No nos importaba viajar al planeta Giza para ver esos tontos monumentos y sentarnos en el autobús turístico de dos pisos mientras el guía hablaba en sireli sobre la historia de esta importante ciudad de la Galaxia de Andrómeda. Habríamos cambiado todas esas vacaciones anuales por noches de juegos familiares semanales, o simplemente por pasar más tiempo jugando al frisbee en el lago todos los fines de semana.

En cambio, nuestros padres pasaban más tiempo trabajando y menos tiempo con la familia. No es culpa de ellos, eso es lo que pensaban que era mejor. Sus padres les enseñaron lo mismo. Trabaja duro. Gana dinero. Ahorra para grandes viajes. Los niños recordarán los grandes momentos. La verdad es que son los momentos más pequeños los que más importan. Nuestras vidas son una colección de estos pequeños momentos."

Māyā escuchaba a la chiquita, entendiendo totalmente lo que decía.

La Pequeña Mimi continuó, "después de todo esto, pensé que serías tú quien me daría el amor que me faltaba en mi entorno. ¡E hiciste exactamente lo contrario! Siempre me estás diciendo cosas negativas sobre lo tonta e incapaz que soy. Solo piensa en cuántas veces al día te llamas tonta, Mimi. Cada vez que te trates mal a ti misma, debes saber que me estás tratando mal a mí.

Sabes, cada vez que me dices algo que debo corregir, debes también decirme tres cosas positivas, para yo sentirme bien de nuevo. Así es como funciona la mente de un niño, mi mente.

Por eso me duele. Por eso me escondo. Porque has sido mala conmigo toda tu vida.

Cuando me tratas mal, Māyā, yo no quiero estar contigo. Sin embargo, cuando me tratas con amor y compasión yo me convierto en tu mejor aliada y te ayudo a lograr todo lo que tu quieres". Concluyó la pequeña Mimi.

"Vaya, no sé qué decir. Lo siento mucho, Pequeña Mimi. No puedo cambiar la forma en que te he tratado en el pasado, pero prometo, de ahora en adelante, tratarte siempre con el amor, el cuidado y el respeto que te mereces. Prometo jugar siempre contigo y nunca jamás olvidarme de ti", dijo Māyā.

ACTIVIDAD:
Ahora tienes la oportunidad de escribirle una carta a tu propi@ niñ@ interior. Después, dibujate a ti y a tu niñ@ interior junt@s.

Querid@ _____,

Lo siento por: _____
_____
_____
_____
_____

Recuerdo cuando solíamos: _____
_____
_____
_____
_____

Prometo que de ahora en adelante haremos:
_____
_____

_____
_____
_____

Yo te amo porque:

_____
_____
_____
_____
_____

Con mucho amor,

_____

"De hecho, tengo algo que quiero compartir contigo. Es la capa de Abuelita Caridad. Ella bordó nuestras iniciales en ella, y quiero que hagamos dos capas de ella", Continuó Māyā.

Ella sostuvo el borde de la capa y con cuidado arrancó un pequeño trozo de tela. Tomó un bolígrafo de su mochila e hizo la capa de la Pequeña Mimi como la de ella. Escribió "M.M." y dibujó una estrella alrededor de las iniciales.

Mientras Māyā ataba la nueva capa alrededor del cuello de la Pequeña Mimi, escuchó que todavía había más gritos en la distancia.

"¿Qué es eso? ¿Hay más niños que necesitan ayuda en este planeta?", preguntó Māyā.

"Sí, de hecho, todo este planeta está lleno de niños internos olvidados. Todos los adultos de la Galaxia de Andrómeda los han descuidado durante tantos años. Entonces, vienen aquí para esconderse", respondió la Pequeña Mimi.

"Y cuanto más los ignoran los adultos, más se adentran en el bosque y más difícil les resulta reconectarse. Es por eso que muchos adultos ven sus vidas como una lucha constante. Están desconectados de sus niños internos. Desconectados de la alegría de los niños de vivir el momento. Han perdido su capacidad de ver con asombro cada día.

Los adultos han abandonado la curiosidad por aprender cosas nuevas. Se toman la vida muy en serio. Están atrapados en las heridas del pasado y las preocupaciones futuras, en lugar de vivir en el presente", concluyó ella.

"Oh no, eso es horrible. ¿Hay algo que podamos hacer para ayudarlos?", Māyā le preguntó a su sabia niña interior.

"Bueno, ya que me encontraste, podríamos ingeniarnos algo para elevar la frecuencia del planeta y que los niños se conecten con sus adultos", respondió la Pequeña Mimi.

"¡Súper! Tengo el plan perfecto. Mi amigo El Río me enseñó este poderoso signo que podemos crear con nuestras manos, él me dijo que lo usara en cualquier momento que necesitara ser guiada. También, me dijo que el hacer este signo me ayudaría a concentrarme y a acceder a mi mayor potencial: mi propia sabiduría interna. ¿Lo quieres hacer conmigo, Pequeña Mimi?"

Māyā le enseñó a su niña interior cómo crear el Mudra de Ágape, paso a paso. Cuando sus dedos se entrelazaron, creando los dos corazones, un rayo de luz amarilla las rodeó. Este cálido resplandor se expandió y se elevó por encima de ellas, llenando todo el cielo con una suave luz solar. Las niñas sentían el calor en su piel, mientras el brillo se extendía por todo el planeta.

"¡Oye, mira hacia allá!" La Pequeña Mimi exclamó, mientras señalaba a un niño que se asomaba desde detrás de un árbol.

"Está bien, amiguito, puedes salir ahora, es seguro", Māyā le susurró al pequeño.

El niño sonrió y empezó a correr por el frondoso bosque. Poco a poco, Mimi y su niña interior comenzaron a escuchar que el llanto se transformaba en risas. Todos los niños de Planeta Self-Love comenzaron a salir de su escondite y empezaron a jugar, cantar y saltar con muchísima alegría.

Māyā y la Pequeña Mimi se abrazaron y celebraron.

"Muchas gracias Māyā. Has transformado este planeta al conectarte conmigo y has ayudado a muchos adultos perdidos a encontrar a sus niños internos. ¿Hay algo que pueda hacer para ayudarte ahora? Sé que no viniste a este planeta solo para verme. ¿Qué es lo que estabas buscando?, preguntó la Pequeña Mimi.

"Bueno, Nando está realmente enfermo. Estaba jugando afuera y un gusano tóxico se le metió en su cerebro y lentamente está drenando toda su energía. El Río me dijo que podría encontrar una cura para él en este planeta. ¿Hay algún lugar por aquí donde podamos encontrar alguna medicina para nuestro hermano?, Māyā continuó.

"¡Conozco el lugar perfecto!" Dijo la Pequeña Mimi emocionada mientras tomaba la mano de Māyā". ¡Vamos, te mostraré!"

Con la alegría de la niñez, las niñas saltaron de roca en roca hasta encontrar el camino hacia el centro del planeta: una cueva de piedras de color rosa con una gran entrada, casi del mismo tamaño que la Pequeña Mimi.

"Aquí es". Dijo la Pequeña Mimi mientras entraba en la cueva.

Māyā se detuvo en seco.

"Espera, está muy oscuro aquí, y si seguimos avanzando, se oscurecerá aún más. No sabemos qué hay dentro de esta cueva, Pequeña Mimi. Quizás deberíamos regresar. Podría ser peligroso".

La Pequeña Mimi agarró la mano de Māyā y la tranquilizó: "Está bien Māyā, sé exactamente a dónde vamos. Créeme. La cura para Nando solo se puede encontrar adentro. No tengas miedo. Ahora estamos juntas y no hay nada que no podamos lograr ya que estamos conectadas".

Māyā se encogió para seguir avanzando en la cueva y siguió a su aventurera niña interior sin más vacilaciones. Al adentrarse más y más en la oscuridad, las niñas notaron un pequeño resplandor de color amarillo.

"¡Ahí está! ¡Vamos!", la Pequeña Mimi gritó con mucha emoción.

Ambas caminaron hacia la cálida luz amarilla tomadas de la mano. A medida que se acercaban, notaron que aquella luz emanaba de lo que parecía ser un corazón humano real envuelto en oro que brillaba y palpitaba.

DA DUM. DA DUM.

Las dos escuchaban el eco de los latidos del corazón, resonando a través de las paredes de la cueva.

"¡Oye! ¡Lo recuerdo de la clase de Bio de la Sra. Juniper! ¿No es así como se ve realmente nuestro corazón? Māyā comenzó. "Están las arterias y las cuatro cámaras, dos a la derecha y dos a la izquierda, es tan hermoso cómo envía nutrientes a todo el cuerpo".

"Sí", dijo la Pequeña Mimi. "¡Ese es el corazón del amor propio! Nos recuerda que tenemos que amarnos completamente a nosotras mismas antes de poder amar a alguien más. Primero tenemos que llenar nuestras copas de amor hacia nosotras para poder después compartirlo con otros. Eso es lo que tendrá que aprender Nando para poder sanar. Nuestra misión es recordarle cómo amarse a sí mismo pero solo él puede sanarse".

En ese momento, el corazón de Māyā se llenó de amor—amor por ella y su niña interior y amor por su hermano. Se vio jugando en El Río con Nando en uno de esos calurosos días de verano. Aquel día se rieron y se rieron hasta el atardecer y después tuvieron que correr a casa para llegar a tiempo a la cena. Mimi anhelaba volver a jugar con su hermano como esa tarde. Mientras imaginaba ese alegre recuerdo, Mimi notó que un polvo de oro empezaba a salir del corazón dorado creando una niebla dentro de la cueva, y cayendo al suelo.

"¡Mira! Estos son los polvitos mágicos del amor propio". dijo la Pequeña Mimi. "Solo sucede cuando las personas cerca del corazón se están desbordando amor. Estas pequeñas partículas de polvo de oro son más poderosas de lo que piensas. Ellas tienen el poder de curar mientras le recuerdan a las personas cómo amarse a sí mismas. Creo que esto es exactamente lo que Nando necesita para sentirse mejor. Le podrías mezclar el polvo en un poco de té. Mientras lo bebe, la calidez de su amor propio sanará su corazón, cuerpo y mente".

Māyā se puso de rodillas rápidamente para recolectar la mayor cantidad de polvo posible para el elixir curativo de Nando y lo puso en el bolsillo con cierre de su mochila. Mientras tanto, la Pequeña Mimi recogió su propio puñado. Extendió las palmas abiertas hacia Māyā y, como por arte de magia, la pequeña cantidad de polvo de oro en sus manitas se transformó en un Clavi dorado y reluciente.

"Esto es para ti Māyā. ¡Lo hiciste! ¡Te has ganado el Clavi del amor propio!", la Pequeña Mimi exclamó.

"Vaya, no pensé que conseguiría un Clavi aquí. El Río me dijo que encontraría la medicina de Nando en este planeta, así que eso es todo en lo que podía pensar", respondió Mimi.

"Bueno, Māyā, obtuviste este Clavi porque realmente entendiste que el amor propio viene de lo más profundo y no requiere la validación de nadie, ni nada fuera de ti. Viniste a este planeta para encontrar la medicina de Nando, y te diste cuenta de que la medicina para sanar solo puede venir de nosotros mismos. Es por eso que el corazón del amor propio estaba latiendo tan fuerte por ti en este momento; sintió el amor que tenías por ti y por mí, y luego, al haber llenado tu vaso, ya podías compartir ese amor con Nando y el resto de la familia. Ahora, le recordarás a nuestro hermano que el poder para sanar está dentro de él.

Las dos se abrazaron con fuerza y caminaron juntas hacia la Estrella Voladora. Mientras se acercaban a la nave, la alarma del reloj de Māyā se activó, recordándole que era hora de volver a casa para cenar.

"¡Perfecta sincronía, es casi la hora de cenar!", dijo Māyā.

"No puedo agradecerte lo suficiente, Pequeña Mimi. Y no quiero que nos separemos nunca más. ¿Quieres venir de regreso a Lili conmigo?", preguntó Māyā.

"¡Por supuesto, pensé que nunca lo preguntarías! De ahora en adelante, siempre estaremos conectadas. Sin embargo sólo tú podrás verme. Todo lo que tienes que hacer es pensar en mí y apareceré", dijo la Pequeña Mimi con emoción.

Māyā levantó a la Pequeña Mimi y a El Conejo Bueno y los subió a la Estrella Voladora dándole la oportunidad a la pequeña de manejar la nave.

"Ahora nos puedes llevar a casa, Pequeña Mimi", Māyā dijo mientras abrazaba a su niña interior con fuerza y envolvía el cinturón de seguridad alrededor de ambas.

Cuando la nave espacial atravesó la galaxia, los tres miraron por la ventana y observaron con asombro: todos los niños internos que estaban en el planeta ahora volaban de regreso para reconectarse con sus adultos. Ellos le dieron un saludo a los niños sonrientes que hacían volteretas con sus cohetes voladores. Estaban tan felices y agradecidos de volver a encontrarse con sus adultos.

Māyā aterrizó la Estrella Voladora y corrió a casa para darle a Nando su medicina. Abrió la puerta y le pidió a su abuela que hirviera un poco de agua mientras sacaba el puñado de polvo de estrellas de su mochila.

"Encontré este polvo de estrellas curativo para Nando, Abue, sé que esto será justo lo que hará que él se recupere", Māyā le dijo a su abuela mientras vertía las partículas de polvo dorado en el agua hirviendo.

Después cogió una bolsa de té de manzanilla del cajón y la puso en la taza de agua caliente. Luego abrió la puerta del congelador y tomó un par de cubitos de hielo para echarlos en el té. Mimi sabía que a su hermano no le gustaba cuando su té estaba demasiado caliente.

Māyā y su abuela entraron lentamente en la habitación de Nando. Él estaba en la cama, debajo de las cobijas, con el rostro pálido como un fantasma.

"Nando, soy yo, Mimi. Te traje un poco de té, hermanito", susurró Māyā

"¡Mimi!", Exclamó Nando, mientras tosía y se hundía más en su cama.

"No te preocupes, Nando". Continuó Māyā. "Sé que no te sientes bien, así que no tienes que hablar. Sólo escucha. Este es un té especial que encontré en el planeta del Amor Propio. Le recordará a tu cerebro su capacidad para curar tu cuerpo.

Lo más importante de la curación es no solo creer que te puedes mejorar, sino también creer en ti mismo. Este es el núcleo del amor propio. Confiar en ti mismo y en tu propia capacidad para lograr cualquier cosa que te propongas.

¿Recuerdas la carrera de Arma tu Propio Bote del año pasado? ¿Cómo te sentías que no ibas a poder y no sabías cómo hacer tus velas con las herramientas que tenías? Al principio te equivocaste, aunque luego te volviste a enfocar, y descubriste una forma creativa de hacer las velas del bote tan aerodinámicas que te llevaron a la línea de meta a la velocidad de la luz. ¡Incluso estableciste el nuevo récord para el Barrio Indigo!

Mami, Papi, y yo estábamos allí para animarte, sin embargo tú lo resolviste todo por tu cuenta. Nadie lo hizo por ti. Esto es exactamente igual. Tendrás que usar tu propia sabiduría interna para curarte a ti mismo."

Māyā presionó un par de botones en el costado de su anillo holográfico para mostrarle a Nando la foto familiar que tomaron ese día, así, al recordarle ese momento, él podría canalizar aún más el amor propio al sentirse orgulloso de sus logros.

Mimi proyectó la foto frente a su cama y continuó.

"Nando, aquí está esa selfie épica que tomamos al final de la carrera contigo sosteniendo el trofeo de Arma tu Propio Bote. Papá está haciendo su cara chistosa como siempre y tú estás muy orgulloso de ti mismo".

Él sonrió levemente; Mimi podía sentir que él se estaba conectando con ese momento.

"Ahora que sientes ese orgullo y amor propio a través de este recuerdo, usémoslo como combustible para canalizar esos sentimientos hacia tu propia curación. Con cada sorbo, imagina que el gusano abandona tu cerebro y tu cuerpo se vuelve fuerte nuevamente. Mientras sientes la calidez del té moviéndose a través de ti, imagina que las neuronas de tu cerebro se reconectan nuevamente, creando poderosos caminos de energía que te revitalizan."

Nando terminó lentamente su taza de té, el color estaba volviendo lentamente a su rostro. Empezó a sentirse mejor y se dio un gran abrazo. En ese momento, estaba rodeado por un orbe de luz dorada, del mismo color que el polvo de estrellas del corazón del amor propio. Luego, el gusano salió de su oreja y se desintegró como por arte de magia.

Nando dejó escapar un gran suspiro.

"¡Mimi! ¡Me siento mucho mejor! ¡Gracias hermana! Gracias por recordarme cómo conectarme con mi poder interior y practicar el amor propio. Ahora sé que la voluntad de sanar viene de lo más profundo", Esto dijo Nando, mientras saltaba de la cama y la abrazaba con fuerza.

Mimi estaba tan feliz de ver mejor a Nando. Esa noche, Abuelita Caridad les hizo su sopita de pollo con fideos favorita y volvieron a conectarse como familia. Mimi se fue a la cama, rebosante de gratitud y esperanza por la misión que tenía por delante.

Māyā durmió tan profundamente esa noche que no escuchó la alarma del reloj. Eran las 12:30 de la tarde y todavía estaba en la cama.

"Hooooolaaaa—¿cómo está mi sueño de árbol?", Abuelita susurró mientras golpeaba suavemente la puerta del dormitorio de Mimi.

"Hoy es un gran día, mija. Recibirás tu tercer y último Clavi. ¿Sabes lo que eso significa, verdad? Obtendrás el poder de pedir cualquier deseo que tu corazón quiera!

Por lo tanto, tómate este juguito para que tengas mucha energía. Por ahora, voy a poner tus dos Clavis en esta caja, para que puedas llevarla contigo de forma segura, y cuando sea el momento, tu pondrás la última", Expresó la Abuelita.

"Mijita, veo que no escuchaste tu alarma, sin embargo te veías taaaan preciosa durmiendo que no quería despertarte. Además, necesitabas el descanso después de todo lo que has pasado esta semana".

Le dijo mientras le entregaba un vaso de jugo de naranja recién exprimido.

La abuela de Mimi le entregó una caja de madera ornamentada con el escudo de su familia pintado a mano en la parte superior. El escudo tenía un águila con sus alas extendidas con orgullo.

"Mi bisabuela, María Antonia me regaló esta caja cuando era pequeña. Aquí, es donde solía poner mis rocas favoritas las cuales encontraba junto al río. Ahora te la doy a ti. Incluso tiene el escudo de nuestra familia Mashuk. El águila representa la superación de obstáculos en tu vida y tu capacidad para curarte a ti misma y a los demás. Al igual que el águila, todos tenemos el poder de superar cualquier dificultad que se nos presente", le dijo su abuela.

"Tú, mi Mimi, vienes de un largo linaje de sanadores que estaban muy en sintonía con esta habilidad. Es por eso que pudiste demostrarle a tu hermano su poder de curación a través del amor propio con tanta facilidad. Tienes esa magia dentro de ti", concluyó Abuelita Caridad.

Māyā abrazó a su abuela con fuerza y colocó con cuidado la caja dentro de su mochila.

"¡Guau! ¡Me encanta! ¡Muchas gracias Abue!", Exclamó ella.

Luego se vistió y se puso la capa alrededor del cuello. Luego ayudó a la Pequeña Mimi a ajustarse su capita también.

"¡Listo, Pequeña Mimi! Solo un Clavi más para que consigamos nuestro deseo", Māyā dijo mientras tomaba la mano de su pequeña y salía de la casa.

"¡Adiós, Abuelita! Adiós, Nando! Nos vemos en la cena", gritó Māyā mientras salía.

Mimi recordó que olvidó algo muy importante. Se apresuró a regresar, se miró en el espejo y le pidió a la abuela Caridad su Bendición.

"Dios te bendiga, Mijita y te lleve con bien". dijo Abuela.

Cuando llegaron, El Río los recibió con un suave rocío, que se sintió casi como un abrazo de felicitación.

"¡Ahí estás, Mimi! Estoy tan feliz de verte. Estoy muy orgulloso de todo lo que has logrado hasta ahora. Recuerdo cuando estabas sentada en esta bahía hace unos días, preguntándote si tenías lo que se necesitaría para completar esta misión. Y mírate ahora, a un Clavi de conseguir tu deseo. ¡Has superado todas tus dudas sobre ti misma!", exclamó. "Oh, y veo que hiciste una nueva amigo en el camino. ¡Hola, Pequeña Mimi!"

Māyā fue tomada por sorpresa. Mientras veía a su Pequeña Mimi jugando en el agua, le dijo a El Río.

"Espera un momento. Pensé que yo era la única que podía ver a mi niña interior", dijo Māyā.

"Recuerda, Mimi, puedo ver todo y lo sé todo. Estoy aquí para guiarlas y protegerlas a las dos, ahora que se han conectado de nuevo", El Río respondió.

"Guau, realmente eres magia",

dijo Mimi asombrada por la sabiduría de su gran amigo.

Seguidamente, El Río manifestó que: "para esta misión, ambas necesitarán mucho coraje, así que asegúrense de usar sus capas con amor y orgullo. Hay cosas que descubrirán que quizás las entristezcan, sin embargo recuerden que todo sucede en orden divino.

También les doy mi bendición. Vayan y encuentren ese último Clavi. Ustedes dos son las perfectas heroínas para este trabajo, si no son ustedes, ¿entonces quién?"

Māyā agarró la mano de la Pequeña Mimi, mientras El Conejo Bueno saltaba a su lado. Subieron a la Estrella Voladora y fijaron las coordenadas a: 528°N, 333°W: Planeta Vida.

Mientras la nave se elevaba lentamente, El Río les mandaba una ola de agua en su dirección.

"Que este viaje final fluya con la misma facilidad que estas olas", dijo El Río mientras las despedía.

Capítulo 4:
Planeta Vida

A medida que se acercaban al último planeta, todo lo que podían ver por la ventana era un bosque gigante, con innumerables árboles con largas ramas que se extendían por todos los bordes de la tierra. Era el bosque más espectacular que Māyā había visto en toda la Galaxia de Andrómeda.

"¡Oh, no! No veo ningún lugar para aterrizar la nave. ¿Parece que todo este planeta está lleno de árboles", Māyā dijo en un tono preocupado.

"Espera un minuto, ¿ves eso?", dijo la Pequeña Mimi señalando por la ventana. "Ese árbol enorme en el medio se está moviendo solo ¡Debe ser un árbol mágico! ¡Vamos a treparlo!"

Cuando comenzaron su descenso, el árbol mágico creó una plataforma de aterrizaje de hojas para la Estrella Voladora. La Pequeña Mimi manejó la Estrella Voladora hasta estacionarla con gracia sobre el lecho de hojas.

Los tres saltaron de la Estrella Voladora y se deslizaron por las hojas hasta el suelo. Estaban tan curiosos y emocionados de explorar el Planeta Vida.

"Me pregunto qué tipo de formas de vida están presentes en este hermoso planeta. ¿Crees que son solo árboles? ¿O también hay gente que vive aquí? Y si es así, ¿qué idioma hablan? ¿Y cómo se ven?", Māyā reflexionó en voz alta mientras caminaban por el bosque.

"¡Oye! ¡Mira eso!", dijo la Pequeña Mimi mientras señalaba hacia una luz púrpura brillante que salía de los anillos de un gran árbol que se encontraba más adelante. Ellas miraron el tronco y continuaron viendo hacia arriba del árbol y todas sus ramas.

"¡Carrera hasta el árbol!", la Pequeña Mimi desafió a Māyā y a El Conejo Bueno. "¡El primero en tocar el árbol recibe uno de los dulces especiales de Abuelita Caridad después de la cena de esta noche!". Propuso la pequeña Mimi.

Los tres corrieron hacia el árbol, El Conejo saltaba con todas sus fuerzas, sin embargo estaba atrás de Māyā y la Pequeña Mimi.

Mientras Māyā corría hacia el árbol, vio un águila volando en la misma dirección y aterrizando en una rama en la parte superior. Se parecía a la de la caja de los Clavis que le regaló su abuela Caridad; la del escudo de la familia Mashuk.

"¡Sí! ¡Gané! ¡Gané!", Māyā anunció su victoria mientras tocaba el árbol segundos antes que la pequeña Mimi. Éste fue un momento memorable, ya que, Māyā pudo jugar con su niña interior.

Cuando la mano de Mimi tocó el árbol, las hojas comenzaron a moverse de lado a lado, como si saludaran a los tres compañeros.

"Woooaaaa", dijeron Māyā, la Pequeña Mimi y El Conejo Bueno al mismo tiempo, sus bocas estaban abiertas asombrados por la magia que estaba sucediendo justo ante sus ojos.

Los anillos del árbol comenzaron a moverse lentamente, creando un patrón que se parecía a un rostro humano.

"¡Oye, este árbol está cambiando! Parece una cara. ¡Mira! Allí están los labios, la nariz, los ojos y espera, ¿qué es eso por encima de los ojos?", dijo la Pequeña Mimi, examinando el árbol mientras continuaba transformándose.

Una a una, tres lunas fueron tomando forma sobre los ojos del árbol: la luna llena, la luna creciente y la luna menguante. Era como el fenómeno del que le habló Abuela Caridad.

"¡He visto esto antes! ¡Es la Luna Fénix de la que me habló Abue!", dijo que representa el comienzo de un nuevo ciclo. "¡Quizás esto sea una buena señal! La última vez que sucedió esto fue la noche antes de que se fueran Mami y Papi. ¡Quizás esto signifique que están aquí!", Māyā dijo con esperanza en su voz.

"A ver, Māyā. Déjame mirarte bien. ¡Vaya, cómo has crecido! Recuerdo cuando todavía estabas en el vientre de tu madre, antes de que Nando fuera un pensamiento en la mente de tus padres", dijo el árbol, radiante de orgullo.

"Espera un minuto, ¿quién eres y cómo sabes mi nombre? ¿Y el de mi hermano? ¿Y cómo puedes hablar? ¡Eres un árbol!", Māyā exclamó en shock total.

"Oh, cariño, no tengas miedo. Soy tu tatara tatara Tatarabuelita Delfina. Soy el Árbol de la Vida", continuó el árbol.

"¿Qué quieres decir con 'Árbol de la Vida'?", dijo Māyā, todavía más confundida que antes.

"Verás, Māyā, soy la matriarca de nuestra familia. Sin mí, ninguno de ustedes habría nacido. Cada una de estas ramas representa a un miembro diferente de nuestra familia. Y cada hoja de cada rama representa un recuerdo muy importante de su vida. Estos recuerdos moldearon en quién se convirtieron estas personas y, a su vez, en quién te has convertido tú ahora.

Me llaman el Árbol de la Vida porque soy la guardiana de todo el ADN de nuestra familia, incluyendo el tuyo. Tu ADN está profundamente arraigado como cada una de estas ramas. Es como un código de computadora que proviene de todos tus antepasados para crear el perfecto tú. Determina todo, desde el color de tu cabello hasta la forma en que te ríes. Tu existencia es una colección del ADN de tus antepasados.

Tuvieron que ocurrir tantas sincronías perfectas para que tu estuvieras aquí hoy. Deja que te enseñe. Simplemente toca una hoja y yo te llevaré a un recuerdo de ese antepasado especial", continuó el árbol.

Emocionada de explorar estos recuerdos, Māyā tocó una de las hojas en el lado derecho del árbol de la tatarabuela. Inmediatamente, la hoja liberó una luz verde que voló a su cabeza y produjo un recuerdo vívido. De repente, fue transportada a otro tiempo y lugar por completo.

Vio a su bisabuelo Georgie bajarse de un barco, con uniforme de marinero durante la Gran Guerra Galáctica. Él y sus compañeros infantes de marina recibieron instrucciones de buscar refugio antes del atardecer en el pequeño pueblo al que se trasladaron mientras recibían los siguientes pasos desde el cuartel general.

Georgie se separó de sus amigos y se echó a andar por las calles del pueblo. Llamó a la puerta de la primera cabaña que encontró. Una mujer joven que se parecía a la bisabuela de Māyā, Zoya, abrió la puerta de mala gana.

"¿Puedo ayudarle señor?", dijo en tono indignado.

"Sí, mi nombre es Georgie y soy un infante de marina que lucha para proteger el planeta Lili en la Gran Guerra Galáctica de sus vecinos del norte. Mi barco paró en este pueblo durante unos días y no tengo dónde quedarme. ¿Le importaría ayudar a un soldado leal con un lugar para dormir y tal vez algo de comida?", dijo Georgie.

Justo cuando Zoya estaba a punto de inventar una excusa rápida y cerrar la puerta, su mamá gritó desde el pasillo: "¿Es un infante de marina lo que oigo? Apuesto a que debe estar exhausto de luchar contra el Norte. ¡Por favor, entre señor!"

Māyā vio cómo los dos se enamoraron durante las siguientes semanas cuando Georgie se convirtió en un invitado temporal en el hogar de su abuela. Estaba tan impresionado por la belleza clásica de Zoya que se sintió inspirado a dibujar sus retratos y regalarle uno nuevo cada día de su estadía. Antes de que terminara el mes, los dos se casaron. Sabían que era el destino lo que los había unido, y que eran almas gemelas, finalmente reunidas. Cuando llegó el momento de que Georgie siguiera su camino, los dos recién casados estaban angustiados, sin embargo él le aseguró a Zoya que volvería por ella.

Él estuvo lejos por seis meses. Cuando las aguas se volvían tumultuosas, cantaba para sí mismo:

Tengo fe en ti, en ti, mi amor.
Esa fe me ha protegido para estar mucho mejor.
Estoy tranquilo estos días.
Sé que volveremos a vernos para toda la vida.

La fuerza implacable de su amor fue lo que lo protegió. Māyā observó cómo la escena se transformaba en Georgie llamando a la puerta de Zoya. Esta vez para comenzar su nueva vida juntos. En ese momento, fue transportada de regreso al Árbol de la Vida. Abrió los ojos con una gran sonrisa.

"¡Eso fue increíble! ¡Pude ver cómo se enamoraron la bisabuela y el bisabuelo!", Comentó Māyā.

"Sí, realmente lo es. ¿Entiendes ahora por qué Nando supo cómo armar su bote? Las habilidades de marinero están en sus genes. Fueron transmitidos de generación en generación. Cualquier miembro de nuestra familia puede aprovechar las habilidades innatas de cualquiera de sus antepasados. Tenemos el poder de conectarnos con la sabiduría de nuestros familiares de siete generaciones atrás y transmitirla como un legado a siete generaciones en adelante. Eso es más de 500 personas con las que estás conectada, Mimi. Dijo la tatara tatara tatarabuela en forma de árbol.

Por ejemplo, cuando estás probando una nueva actividad, es posible que no seas buena en ella desde el principio. En lugar de sentirte frustrada y darte por vencida, recuerda que siempre estás acompañada y que puedes aprovechar el poder y la experiencia de todos tus antepasados. Incluso cuando creas que estás sola, debes recordar que siempre hay siete generaciones de personas que te aman y apoyan, que están a tu lado", concluyó la Tatarabuela Delfina.

"¡Vaya, eso tiene mucho sentido! Me pregunto en qué otras áreas eran buenos mis familiares y cuáles de esas habilidades tengo dentro de mí", Reflexionó Māyā.

ACTIVIDAD:

Ahora es tu turno de crear tu árbol genealógico. Agrega los nombres de tu familia y su parentesco, luego junto a cada nombre, escribe al menos una habilidad o talento en el que sea bueno ese miembro de la familia en particular.

"También tienes una habilidad innata para sanar que proviene de tu tatarabuela Martha. Déjame llevarte a un recuerdo sobre su poder de curación. Toca esa hoja de allí", Tatarabuelita Delfina dijo mientras agitaba una hoja de un lado a otro.

Nuevamente, Māyā tocó la hoja y la luz verde entró en su cuerpo. Cerró los ojos y vio el recuerdo más maravilloso de su tatarabuela, Martha cuando era solo una niña de tal vez unos seis años.

Los primos estaban celebrando un cumple en el parque, montando bicicleta subiendo y bajando colinas altas como de costumbre. Todos los adultos estaban comiendo más lejos en la mesa de picnic. De repente, el primo de mi madre, Dima, perdió el control de su bicicleta y se cayó al suelo con fuerza. Martha fue la única que acudió a ayudarlo. Él se acostó en el suelo, con la pierna derecha sangrando, atrapado debajo de su bicicleta. No tenía curitas, así que rápidamente rasgó un pedazo de su camiseta y aplicó presión sobre la herida. En cuestión de minutos, el sangrado se detuvo. En las próximas semanas, su pierna comenzó a sanar rápidamente gracias al té de manzanilla que le estaba preparando y que estaba mezclado con otras hierbas medicinales.

Al regresar de ese recuerdo al momento presente, Tatarabuelita Delfina dijo, "Māyā, tienes la habilidad natural de curar a la gente. ¿Recuerdas cómo elegiste instantáneamente manzanilla para el té de Nando? Puedes sentir la naturaleza medicinal de estas plantas, y lo sabes profundamente porque nuestra familia siempre ha usado plantas como medicina. Todo lo que necesitas es confianza. Y recuerda, tú tienes el poder de curar a más de 500 personas: siete generaciones antes de ti y siete generaciones después de ti.

Te digo esto porque nuestra familia tiene años de dolor que ha pasado de generación a generación porque no sabían que tenían el poder de curarse dentro de ellos. Es algo que llamamos trauma generacional. Sin embargo, ahora que has desbloqueado tu poder innato para sanar, puedes cambiar todo eso. Si sigues conectándote con tus antepasados, puedes enseñarles a elegir el amor en vez del miedo, la abundancia en vez de la escasez y la luz en vez de la oscuridad. A cambio, todas las generaciones futuras, tus hijos, los hijos de tus hijos, etc., se curarán del dolor del pasado".

Inspirada por este nuevo conocimiento acerca de sus superpoderes naturales, Māyā abrazó a la Tatarabuelita Delfina en forma del Árbol de la Vida.

"Gracias, tatara tatara tatara tatarabuela Delfina, ¡realmente eres genial! De hecho, ¡eres la mejor!", afirmó Māyā.

Delfina extendió sus ramas alrededor de Māyā en un cálido abrazo.

"Sabes, mijita, hay un antepasado más que quiero que conozcas. Respira profundo y luego toca esta hoja de aquí", Delfina dijo.

Ella agitó suavemente la hoja más cercana a Mimi. Māyā extendió su mano para tocarla con un poco de vacilación.

La hoja emitió un cálido resplandor amarillo que comenzó a tomar forma. Se materializó en un hombre alto. Lentamente, sus rasgos se volvieron cada vez más claros.

"¿Papi?", Māyā susurró, sus ojos se llenaron de lágrimas. "¿Eres tú? ¿Por qué te ves así?"

Māyā extendió sus manos para tocar la figura transparente. Sus manos atravesaron su cuerpo.

"¿Por qué no puedo tocarte, Papi?", Māyā dijo con desesperación en su voz. Su corazón se sentía cada vez más pesado con cada segundo que pasaba.

Trató de abrazarlo una vez más sin éxito. Sus brazos lo atravesaron y se abrazó a sí misma. Una avalancha de lágrimas brotó de sus ojos. Sabía exactamente lo que eso significaba. En el fondo, conocía las respuestas a todas estas preguntas. Sabía la verdad de lo que había ocurrido con su padre. Simplemente no quería admitirlo.

"Hola, mi tesoro precioso", dijo su papá. "Estoy aquí, sólo que de una forma diferente a como me viste la última vez. Verás, Cuando tu mami y yo estábamos buscando un lugar mejor para que nuestra familia se estableciera, me enfermé mucho. Había un virus que se estaba propagando rápidamente por uno de los planetas en los que estábamos, el Planeta Con Vida.

No podía arriesgarme a transmitirle el virus a tu mamá, así que me aislé con suficiente comida y agua para algunas semanas. Me sentía solo, así que pensaba en tus cálidos abrazos para ayudarme a pasar esos largos días y noches.

Yo estaba seguro de que lo lograría. Seguía diciéndole a tu Mami que era solo cuestión de tiempo para que estuviera de nuevo bien. 'En tres días estaré bien, mi amor. No te preocupes'. Aunque podía sentir que mi cuerpo se volvía cada vez más débil, mi fe siempre estuvo fuerte.

Infortunadamente, mi cuerpo físico no fue lo suficientemente fuerte para combatir el virus, así que pasó a otro plano. No llores, mijita, siempre estaré contigo en espíritu. Mientras pienses en mí, estaré vivo en tu corazón. Ahora soy uno de tus ángeles de la guarda.

De hecho, mi niña, hay otro ángel de la guarda al que le pedí que cuidara de ti: ¿Recuerdas a mi ángel, Azrael? ¿El que Mami siempre veía en las nubes cuando jugábamos?", le preguntó su padre.

"Espera Papi, ¿no necesitas a Azrael para protegerte en el cielo?", preguntó Mimi.

"No, mi vida, ya hay muchos ángeles donde estoy. Ya no lo necesitaré", él respondió.

"Pero Papi, ¿qué voy a hacer sin ti? ¿Sin tus abrazos y chistes cursis? ¿Y esto significa que te perderás mi Feria de Ciencias este año? La Sra. V dijo que mi proyecto está postulado para el premio del año. Quiero que estés en la primera fila cuando lo reciba. Quiero que te sientas orgulloso de mi, Papi", dijo Mimi.

"Bueno, mi niña, te voy a contar un pequeño secreto", él dijo. "A veces, los ángeles de la guarda obtenemos un permiso especial para visitar a nuestros seres queridos en la Galaxia de Andrómeda.

Me aseguraré de llegar a tu Feria de Ciencias y te animaré desde la primera fila. Así como estaré ahí para tu graduación, tu boda y el nacimiento de tus futuros hijos. Estaré contigo en los momentos alegres y también en los que te sientas triste. Solo hay una cosita. No puedo regresar en mi forma física. ¿Recuerdas esas enormes mariposas amarillas que solíamos perseguir por el patio trasero de la casa?"

Mimi asintió con la cabeza y sonrió.

"Volveré y te visitaré como una mariposa monarca amarilla. Estaré allí para todos los grandes momentos de tu vida, y también para los pequeños.

Siempre estaré orgulloso de ti. Siempre te estaré cuidando, incluso cuando tú no me veas. Igual que todos tus antepasados, nosotros somos las hojas de este majestuoso Árbol de la Vida y *siempre* seremos parte de ti".

Mimi miró a su padre, deseando abrazarlo—aunque solo fuese por una última vez.

"Sé lo que estás pensando Mimi. Yo también quiero abrazarte. Más de lo que jamás podrías imaginarte. Sin embargo, el contacto físico no es la única forma en que puedes sentir".

En ese momento, Mimi sintió una calidez que comenzó en su corazón y se extendió hasta los dedos de sus pies y manos.

"¿Has sentido mi abrazo, mi niña? Todavía doy los mejores abrazos de todos los miembros de la familia, ¡incluso en forma de espíritu! ¿Qué te parece? Tengo razón, ¿no?", dijo en broma.

Mimi se rió y lloró al mismo tiempo. Papi siempre fue famoso en la familia por sus abrazos de oso. El hecho de que todavía pudiera sentirlos la llenaba de alegría y paz.

"Sí, Papi. Sentí tu abrazo con todo mi corazón", respondió ella.

"Cuando me extrañes, solo recuerda que siempre puedes conectarte conmigo y sentir mi presencia. Siempre te iluminaré con mi luz y me conectaré con tu corazón, y más aún cuando sepa que lo necesitas, mi niña", expresó su padre.

"Tengo un regalito para ti, mi hermoso tesoro", él continuó.

En ese momento, Māyā vio aparecer una llave dorada en la parte superior de la hoja de la que venía su papá.

"¡Es mi último Clavi! ¡Gracias, Papi!", ella exclamó.

Mientras Māyā agarraba la llave, la Pequeña Mimi se subió a la espalda de papá.

"¡Cárgame a caballito! ¡Cárgame a caballito!", ella dijo juguetonamente.

Papi agarró las piernas de la Pequeña Mimi y la giró como lo hacía cuando Māyā era pequeña.

"¡Uiiiiii! ¡Otra vez! ¡Otra vez!", dijo la Pequeña Mimi, mirándolo con sus ojos de por favor.

"Otra vez, Papi, ¿porfis?", la Pequeña Mimi continuó suplicando.

Papi nunca pudo resistirse a esos grandes ojos castaños, así que continuó dándole vueltas, mientras cantaba la canción de uno de sus artistas favoritos: Juan Gabriel. Era la melodía que Papi siempre le cantaba a Mimi cuando era pequeña.

Es un ángel que ha llegado
Desde el cielo azul
Con la venia del eterno
Para ser la luz
Que ilumine mi sendero
Para ver mejor
Su amor

El corazón de Māyā se llenó de alegría al ver a su niña interior jugando con su padre, de la forma en que ella misma deseaba poder volver a hacerlo. Māyā entendió que la Pequeña Mimi podía tocarlo, ya que ambos estaban en el reino del no físico.

"Estoy muy orgulloso de ti por ser tan valiente y conseguir los Clavis. Ahora, déjame ayudarte a ponerlos todos juntos. Mientras colocamos el último Clavi en la caja, quiero que te concentres en el único deseo que impulsó todo tu viaje: aquel que deseas que se haga realidad más que nada en el mundo", Papi dijo mientras bajaba suavemente a la Pequeña Mimi.

Māyā agarró la caja que le dio su Abuelita Caridad. Podía sentir la cálida luz amarilla de su papá guiando su mano mientras colocaba el último Clavi en la caja.

En ese momento, todo el árbol estaba rodeado por un orbe de luz amarilla y ella escuchó la canción de cuna de su mamá, acompañada por la suave melodía del Gadooli Acústico que ella le tocaba. Las hojas del Árbol de la Vida empezaron a bailar al escuchar el sonido.

Mimi miró a lo lejos y vio a su madre caminando hacia ella.

"Mami, ¿eres tú?", Māyā dijo, confundida.

Su madre parecía mucho mayor que la última vez que estuvieron juntas. Su cabello era casi completamente gris. Detrás de ella, podía ver dos figuras más que aún no podía distinguir.

Su padre intervino para explicar. "A ver, mi niña, ¿recuerdas cómo el tiempo funciona de manera diferente en cada planeta? Hemos estado viajando durante muchos años en busca de un nuevo hogar, por lo que tu madre ha envejecido, sin embargo ahora que está aquí en el Planeta Vida, su cuerpo volverá a este período de tiempo. Mira . . ."

A medida que su madre se acercaba al Árbol de la Vida, se hacía más joven. Ella corrió hacia Mimi y la abrazó con fuerza, tan duro como la noche anterior a su partida.

"¡Por fin nos vemos, mi tesorito! ¡Te extrañé mucho!", exclamó su mamá.

"¡Mami! ¡Yo también te extrañé! Ya quiero contarte todas mis aventuras", dijo Mimi.

"Por supuesto, Mimi, quiero escucharlas todas. Quiero que nos sentemos y hablemos durante horas y horas para compensar todos estos largos años que no te vi. Sé que para ti fueron solo cuatro días, sin embargo, para mí, fueron décadas. Décadas en las que no pude abrazarte o cuidar de ti y de Nando. Décadas que pasé llorando porque no podía volver con ustedes por mucho que lo intentaba.

Como les dije en mi nota, dejarlos a ustedes fue lo más difícil que tuve que hacer. Ahora, quiero aprovechar cada segundo aún más y recuperar el tiempo perdido.

Déjame agradecerte por todo lo que has hecho por nuestra familia: por embarcarte en tu viaje de autodescubrimiento; por recordarle a tu hermano su propio poder para sanar su cuerpo, mente y espíritu. Y lo más importante, por reunir a nuestra familia. Esto es exactamente por lo que oré cada noche que estuve fuera. Y tú, mi ángel, has respondido a mis oraciones".

Mientras Mimi y su mamá se abrazaban en un abrazo que parecía durar las cuatro décadas que habían estado desconectadas, Mimi vio a las otras dos figuras acercándose al Árbol de la Vida.

Eran Nando y Abuelita Caridad. Nando tomaba la mano de la Abuelita, y la guiaba pacientemente a reunirse con toda la familia. Todos se unieron en un abrazo grupal mientras el cuerpo espiritual de Papi se transformaba nuevamente en un rayo de luz amarillo que ahora fluía hacia el corazón de cada uno de ellos y luego de vuelta a la hoja de donde había salido.

En ese momento, Mimi se dio cuenta de que su deseo se había hecho realidad. Toda la familia volvió a estar unida.

"Listo, Mimi, ahora es el momento de que regresen a tu planeta de origen. Vayan con Dios", dijo Tatarabuela Delfina, extendiendo sus ramas alrededor de toda la familia.

Abrazó a Nando, Abuelita Caridad, Mami, la Pequeña Mimi, e incluso a El Conejo Bueno.

Mimi notó un arroyo de agua que empezó a brotar del tronco de la Tatarabuelita Delfina. Unas gotas le hicieron cosquillas en los dedos de los pies, haciéndola reír.

"Río, ¿eres tú?", dijo Māyā.

"Sí, Mimi. Soy yo", contestó El Río. "Estoy muy orgulloso de ti por completar tu misión. Me imagino que estás pensando que este es el final de tu viaje aunque la verdad es que esto es solo el comienzo. Con todo lo que has aprendido, tú te convertirás en una pieza muy importante en la evolución de los habitantes de tu planeta Lili.

Les enseñarás sobre Integridad como aprendiste con Pastor.

También, les compartirás sobre la importancia de conectarse con su niño interior, como aprendiste con la Pequeña Mimi.

Y finalmente, ayudarás a sanar el conflicto con el Norte que viene ocurriendo durante generaciones.

Este será tu legado: traer abundancia, armonía y alegría a tu planeta de origen de una manera rápida, fácil, y divertida. Mimi, tú estás destinada a ser la Heroína del Planeta Lili".

"Espera, ¿Cómo se supone que voy a hacer todo eso?", Mimi le preguntó a El Río.

"Bueno, Mimi, esta misión te ha ayudado a descubrir tu sabiduría interior y dejar fluir tu poder infinito. Ahora, comprendes que puedes hacer cualquier cosa que te propongas e incluso ayudar a otros a darse cuenta de su propio poder", respondió El Río.

Mira todo lo que has creado. Has viajado. Te has conectado con tu niña interior. Has vuelto a unir a tu familia y ahora estás a punto de ir a sanar tu planeta natal."

Este ha sido tu destino desde el día en que naciste. De hecho, Māyā es el nombre que muchas mujeres poderosas antes de ti han usado. Y en el antiguo idioma sánscrito: este nombre significa 'magia'.

Siempre me has dicho que yo soy magia—aunque en realidad la magia siempre ha estado dentro de ti".

Entonces, dime, Māyā. Después de todo lo que has manifestado, ¿quién crees tú ahora que es magia?", él preguntó.

Mientras El Río hablaba, Mimi finalmente se dio cuenta de su potencial ilimitado y respondió con más confianza que nunca:

"YO SOY MAGIA".

CPSIA information can be obtained
at www.ICGtesting.com
Printed in the USA .
BVHW050527260221
601045BV00001B/2